Micha M.

Aus einer anderen Sicht

Erzählung

© 2011 Micha M.
Herstellung und Verlag: Books on Demand GmbH, Norderstedt
Satz, Layout und Umschlag der Autor
ISBN 9783842384774
Bibliografische Information der Deutschen Nationalbibliothek
Die Deutsche Nationalbibliothek verzeichnet diese Publikation in
der Deutschen Nationalbibliografie; detaillierte bibliografische
Daten sind im Internet über http://dmb.d-nb.de abrufbar.

Erinnerungen

I

Es fing bereits an zu dämmern. Ein leichter Windhauch, der durch den schmalen Spalt des Fensters drang, blähte den weißen Tüll des Vorhangs nur wenig und ließ die Landschaft wie auf der Opernbühne ins Nichts verschwinden. Hans spürte den Hauch, genoß die Frische und sah dem Schwinden des Lichtes zu, das wie von einer unsichtbaren Hand ausgeblendet wurde. Leicht fühlte er sich, schmerzfrei und erleichtert. Alle die besorgt um seine Genesung waren, hatten sich zurückgezogen als er die Augen geschlossen hielt, sie glaubten und hofften, daß der Schlaf ihn stärken würde. Nun war er allein, allein mit seinen Gedanken, mit seinem Leben und seinen Erinnerungen. Sein Blick folgte den Wolken, die in stürmischer Fahrt am Fenster vorbei zogen und ihn an den Walkürenritt erinnerten. Oft war er als Jugendlicher in der Oper. Bis zu fünfmal in der Woche, wenn ihm sein Vater Freikarten aus dem Geschäft mitbrachte. Über einen Freund seines Vaters, ein Vertrauensmann für kulturelle Angelegenheiten der Stadt, bekam er diese künstlerischen Geschenke. Der Freund hieß Ludwig und nahm sich seiner an, war froh jemanden gefunden zu haben, der sich ebenfalls für die Welt der Oper, die klassische Musik und das bunte Theaterleben interessierte. Die bizarren Wolkenformationen zeigten ihm die wildesten Figurenspiele, welche viel Ähnlichkeit mit seinen Gedanken hatten.

Schon als kleiner Junge, hatte er jeden Mittag, wenn schlafen angesagt war, heimlich eine Ecke des Vorhangs vom Fenster weggezogen und die wild dahin fliegenden Wolken betrachtet. Sie verdrängten, überlagerten und schoben sich ineinander und veränderten ständig ihre Farbe. Die Wolken glichen einer Masse im Topf, der ständig umgerührt wurde

7

und durch den Sog des hölzernen Kochlöffels nicht zur Ruh kam. Auch damals verhielt er sich anfangs ruhig bis seine Mutter überzeugt war, daß ihr Sohn eingeschlafen war, erst dann schob er den Vorhang vorsichtig zur Seite und betrachtete das Wolkenspiel am Himmel. Gesichter, heiter und wild, zornig und unheimlich brausten über ihn hinweg. Von Gespenstern und Dämonen, von unförmigen Gestalten erzählte der Himmel, der damals an den Wolken endete und zur lebendigen Begegnung der anderen Welt wurde. Gerne hätte er den Kindern im Hof zu geschaut aber er hatte Angst, daß die Mutter seinen Schlaf kontrollieren würde.

Diese Erinnerungen schaukelten Hans, der hoch in den Jahren war und sich tief in seine Kissen drückte, in die Vergangenheit zurück und die Wolken trugen ihn in die Wohnung im ersten Stock des Hinterhauses unweit der Schuckert-Werke, die später von Siemens übernommen wurden. In den Kriegsjahren mußte seine Mutter in der Munitionsabteilung bei Schuckert arbeiten. Alle, auch die Frauen, waren dienstverpflichtet und arbeiteten für die Wehrmacht. Die Front brauchte selbst in der Heimat jede Hand. Sein Vater war viel auf Montage, um U-Boote mit speziellen Pumpen auszustatten. Es war Krieg, der Propagandaminister hatte das deutsche Volk zum totalen Krieg aufgefordert und die Auswirkungen waren Nacht für Nacht spürbar.

eise öffnete sich die Türe und wie in seiner Kindheit lauschte jemand, ob er schlief oder wach war. Wieder stellte er sich schlafend. Er wollte die Ruhe genießen und seine Gedanken für sich haben.

Der mittägliche Schlaf wurde ihm als Kind schon wie ein besonderes, heilendes Wundermittel verkauft, denn nachts war er aus der Mode gekommen. Der tägliche Fliegeralarm war das ungeliebte Reizwort, das alle fürchteten. Fast jede Nacht mußten sie, er war fünf Jahre alt, ein-, zwei- oder wenn es schlimm kam dreimal aus dem warmen Bett und mit gebotener Schnelligkeit in den kalten, feuchten Keller. Wer bummelte oder zu langsam beim Anziehen war hörte noch in seinen vier Wänden die ersten Bomben fallen. Schlugen sie in nächster Nähe ein, dann tanzten die Gläser und sangen in der Vitrine ihre klirrenden Melodien.

Nach dem wohlbekannten Voralarm und den durch Mark und Bein gehende Hauptalarm war nicht nur Eile, sondern auch Gefahr angesagt. Für manchen Bummler oder Tiefschläfer wurde so das eintönige Brummen über der alten, historischen Stadt der Deutschen und der Reichsparteitage zum Totengesang. Wie ein drohender Bienenschwarm rückten die Alliierten-Geschwader vollbeladen mit tödlicher Fracht auf ihr Ziel vor. Nacht für Nacht das gleiche Spiel, in einer Höhe, die von den abwehrenden Flagg-Geschützen nicht erreicht wurden. Neidvoll und hilflos blinzelten die Scheinwerfer der deutschen Luftabwehr hinter den schwarzen Metallvögeln her und mußten zusehen, wie die durch den Bombenabwurf leichter werdenden Geschwader mit hellerem Brummen abzogen.

Für ihn war es jedesmal schrecklich nachts aus dem Schlaf gerissen zu werden. Wie in einer anderen Welt, einer anderen Ebene seines Seins, stand er in diesen Momenten neben sich. Er war nicht wach zu bekommen. Seine Mutter hatte ihn anzogen, der drohende Hauptalarm hatte begonnen. Eile war mehr als geboten. Nun mußte es schnell gehen. Die erste Bombe konnte bereits das Haus treffen. Eine schwache Lampe brannte an der Decke. Zum Aufwärmen hatte die Mutter die Gasflammen des Herdes angezündet und ihn gebeten sich fertig anzuziehen. Der Hauptalarm war vorbei und die Mutter kam keuchend aus dem Keller, um ihren Sohn und die restlichen Koffer zu holen. Sie war allein mit ihm. Sein Vater war seit Wochen wieder auf Montage. Mit Tränen in den Augen stand sie vor ihm. Er saß mit geschlossenen Augen auf dem Küchentisch und war eben dabei sich wieder seiner Kleider zu entledigen. Müde, hundemüde war er und wollte wieder ins Bett. Mit halbnacktem Kind und einem Koffer kam sie im Keller an, als die ersten Bomben fielen. Es war der 2. Januar 1942. Es rumpelte erbärmlich. Alle Hausbewohner, die sich im letzten hinteren Keller eingefunden hatten wurden durcheinander gewirbelt. Die Bombe war unmittelbar neben ihnen eingeschlagen. Oder hatte sie das Haus getroffen? Nur eine Kerze brannte noch. Der Strom war unterbrochen. Der Keller hatte standgehalten und alle Bewohner des Hinterhauses atmeten auf.

Herr Müller aus dem Erdgeschoß des Hinterhauses, ein stämmiger, blonder, schnauzbärtiger, dickbäuchiger Mauer war bei der Stadt für den Ausbau der Kellerräume von hochgestellten Beamten und Parteifunktionären zuständig und hatte den Keller meisterlich wie die Keller der oberen Zehntausend mit mächtigen Baumstämmen abgestützt, so daß er einen starken Stoß und hohen Druck vertragen konnte. Unter dem Motto: „Was den einflußreichen Herrschaften Recht war, konnte ihm und seiner Familie, die Hausbewohner eingeschlossen, nur billig sein."

Es war ruhig. Alle lauschten gespannt. Der Einschlag hatte seine Wirkung auch im Keller erzielt. Niemand wagte ein Wort zu sagen, bis Herr Müller sich langsam erhob und verkündete, daß er die undurchsichtige Lage peilen wollte. Stämmig wie seine Baumstempel, die den Keller stützten, stand er in der Mitte des Raums. Er trug seinen alten, grünen Filzhut, ohne den er nie unter Menschen ging. Stolz auf seine Männlichkeit präsentierte er selbst in solchen Momenten seinen blonden Schnauzbart mit den zu feinen Spitzen zusammen gezwirbelten Enden und wandte sich langsam zum Gehen. Schwerfällig stapfte er, den Kugelbauch vor sich herschiebend die steinerne, ausgetretene Kellertreppe hinauf öffnete vorsichtig die Schutztür und stand im hellen Feuerschein.

„Es brennt lichterloh!" schrie er in den Keller, „aber nicht bei uns!" Verängstigt und doch froh warteten alle bis Herr Müller wieder im Keller erschien und die ersten Sirenentöne der Entwarnung zu hören waren. Langsam und vorsichtig, sich an der Kellerwand stützend, verließen alle Hausbewohner nacheinander das sichere Verlies. Noch immer lag ein hellroter Feuerschein über dem Innenhof. Neugierig, voll bangem Ahnen nahm ihn seine Mutter an der Hand, ging mit ihm auf die Straße und drei Häuser weiter rechts um die Ecke. Da sahen sie was geschehen war. Das Eckhaus schräg hinter ihnen hatte es getroffen. Ein vierstöckiges Wohnhaus. Unten war ein Farben Geschäft, dessen feuergefährliche Verdünnungsmittel und die leicht brennbaren Ölfarben munter den Brandherd unterstützen und das ganze Haus von unten mit Flammen versorgte. Eine Sprengbombe hatte das Haus getroffen und aufgebrochen. Danach waren Brandbomben gefallen und hatten alles entzündet. Doch das sollte erst der Anfang sein. Es waren die ersten Bomben auf seine Stadt.

Bis auf die Bombennächte war für ihn der Krieg nicht gegenwärtig. Er wußte es nicht anders, er war zu jung, sehr jung, in den Krieg der Großen hinein geboren und gewohnt nachts ohne Straßenbeleuchtung im Dunkeln gehen zu müssen, da von der amtierenden Regierung „Verdunklung" befohlen war. Es war nicht die Angst vor den Feinden, laut Regierung, sondern nur der entzogene Vorteil, die Ziele der Angriffe in Licht erstrahlen zu lassen. Daß dies nur Propaganda war wußte er nicht, es war ihm damals auch einerlei.

In der Dunkelheit kam es am frühen Morgen oder spät am Abend auf der Straße hin und wieder zu Zusammenstößen mit anderen Passanten. Vor allem im Winter, so gegen sechs Uhr, wenn ihn seine Mutter in den firmeneigenen Kindergarten brachte. Sie hatten meist eine kleine Taschenschlampe bei sich, deren Glas mit blauer Farbe abgedunkelt war, damit der Feind von oben kein helleres Licht sah, denn es war verboten den Feinden den Weg zu weisen. Um die schwer zu beschaffenden Batterien zu sparen, mußte er das kleine Lichtchen ständig aus- und eingeschaltet. Auf den Armen seiner Mutter, die es immer eilig hatte und sein langsames Getrappel nicht ertrug, steuerte er sie wie ein kleiner Kapitän durch das Dunkel der Nacht, umschiffet die herannahenden feindlichen Flotten, die ihnen mit dunklen Mänteln, Hut und brennender Zigarette entgegen kamen. Die leuchtenden, kleinen, roten Punkte waren oft der einzige Anhaltspunkt eine drohende Gefahr zu erkennen und einen Zusammenstoß zu verhindern. Den Arm um den Hals seiner Mutter geschlungen, saß er wie in einem Ausguck und beobachtete gespannt die herannahenden Hindernisse. Gleich ob es eine Person oder ein Hydrant oder gar eine ausgeschaltete Laterne war. Immer gab er das Kommando, wies seine Mutter an nach links oder rechts auszuweichen.

Tagsüber war es ruhig und für ihn hatte der Krieg Pause. Für ihn fand der Krieg nur nachts statt. Der Betriebskindergarten war, wie Kindergärten eben sind. Kleine Streitereien, Essen fassen, schlafen, spielen und abends das große Abholen durch die arbeitenden Mütter und nachts wieder das bereits gewohnte Spiel mit dem Aufstehen und in den Keller rennen. Tag ein Tag aus das gleiche Spiel.

Leise Musik aus dem unteren Stockwerk und das Aufsetzen von Holzschuhen auf der Kellertreppe ließen ihn aufhorchen. Er kannte den Klang von Holzschuhen aus seiner Kindheit. Immer waren die Holzschuhe gemischt mit sehnsüchtigem Gesang.

Wenn er früh morgens bereits wach lag und sich noch ruhig im Bett verhielt, hörte dieses Geklapper. Geklapper von tausend Holzschuhen, Stimmengewirr und Gesang. Die fremden Laute verstand er nicht. Eine Musik voll Wehmut und Leid. Monoton und doch unterschiedlich in den Klangfarben, mit Unterbrechungen und Wiederaufnahme der Intensität. Dazwischen das Geklapper und Schlurfen von Holzschuhen. Der Schall drückte sich vom vergitterten Hoftor direkt zu seinem Fenster, das in gleicher Richtung lag. Die Laute drangen für kurze Momente durch die Einfahrt an sein Fenster im Hinterhaus und waren meist nur bruchstückhaft zu hören. Wie verirrte Silben eines endlosen Liedes schlugen sie an die Scheiben und waren verklungen, bevor sie geendigt hatten. Die schmale Hofeinfahrt steuerte den Ton des Klappergesangs, ließ ihn kommen und gehen. Je nach Wetter war der Gesang lauter oder leiser, freundlicher oder trauriger, schleppender oder auch aggressiver. Nie konnte er seine Neugierde befriedigt, da es strengstens untersagt war, den schwarzen Papierrollo zu heben, der wegen der behördlich befohlene Verdunklung den Blick versperrte.

Monate später, die Tage wurden bereits länger und heller und das ersehnte Frühjahr kündigte sich an, sah er erstmals auf dem Weg zum Kindergarten den Grund für das tägliche Geklapper und was es mit dem Singsang auf der Straße vor seinem Haus auf sich hatte. Hunderte von russischen Kriegsgefangenen und Zwangsarbeitern, die zu ihrem täglichen Einsatz in die umliegenden Fabriken marschierten zogen am Haus in der Gugelstraße 79 vorbei. In ein grünliches Grau gekleidet, sechs nebeneinander und in unzähligen Reihen, mit Holzschuhen an den Füßen, plaudern, singend, stolpernd und klappernd schlurften jeden Morgen die Gefangenen am Haus vorüber in die umliegenden Fabriken.

Am Abend kamen sie zurück auf der anderen Seite der Straße. Sie sangen nicht mehr, der Tag lag über und hinter ihnen. Sie schlurften müde und hoffnungslos zurück, von wo sie am Morgen noch singend aufgebrochen waren. Ein eigenwilliger Geruch zog mit dem menschlichen Troß, in dem sich jeweils Männer oder Frauen verbargen. Sie waren nach Geschlechtern getrennt. Der Letzte links außen trug eine kleine rote Laterne. Wenn sie die Straße hinunter gezogen waren, verschwammen die Gestalten in der aufkommenden Dämmerung als eine wogende, anonyme Masse. Sie wurden bewacht von wenigen Soldaten mit aufgepflanzten Bajonetten. An der Seite, auf dem Gehweg ging ein strammer, schick angezogener, junger, schneidige Soldat. Die Schildmütze etwas schief auf dem Kopf, er hatte kein Schiffchen wie die Bewacher, zeigte, daß er eine Etage höher angesiedelt war, was er auch mit entsprechend ausladenden Armbewegungen zum Ausdruck brachte.

Als kleiner Junge hatte er diese Helden bewundert, die es verstanden die Arme elegant am Körper zu schwingen. Allein schon wegen der schönen Uniform. Es mußten Helden gewesen sein, denn nur Helden, so glaubte er mit fünf Jahren, sahen so aus. So einer wollte er werden. Auch er würde dann so auffallend mit den abgestellten Armen schlenkern und sich von allen bewundern lassen. Er war so begeistert, daß er sich sehnsüchtig bereits in diesem Alter eine passende Grundausrüstung für die kommende Karriere wünschte.

Das Jahr war schnell vergangen. An alles konnte er sich nicht mehr erinnern. Doch es war wieder Winter, Schnee lag auf der Straße, es war kalt. Weihnachten war nicht mehr weit. Sein Onkel hatte die Wunschliste des Neffen an das Christkind weitergeleitet.

Damals gab es noch richtige Winter. Von einer bevorstehenden Klimaerwärmung war keine Rede. Es gab noch nicht einmal dieses Wort. Zu den ersehnten Feiertagen und zum Jahresende war immer Schnee gefallen und alles weiß. Niemand konnte sich ein Weihnachtsfest ohne Schnee vorstellen. Alles hatte seine Ordnung und an Weihnachten lag eben Schnee. Viel Schnee. Warme Tage und blühen Bäume, wie sie heute möglich sind gab es nicht. Überall wurden die Kachel- und Kanonenöfen geheizt, um die sich frierend die Bewohner versammelten. Nur Herrschaftshäuser waren damals mit Heizungen ausgestattet.

Um die wärmenden Feuerstellen in den meist kleinen Wohnräumen gruppierten sich die Familien zur festlichen Stunde. Ruhig glühte die blauschwarze Steinkohle, der poröse Koks oder die ebenfalls auf Bezugsschein zugeteilten Braunkohle-Briketts vor sich hin, um für die nötige behagliche Feiertagswärme zu sorgen. In dieser Gemütlichkeit erklangen die seligen und frommen Lieder zum Fest umgeben von dunklen Straßen und schwarzen blinden Häusern.

Der Schnee knirschte unter den Sohlen des Vaters. Es war ein kalter, sehr kalter Heiligabend. In der Dunkelheit gab nur der Schnee ein wenig Kontrast und hob sich von den schwarzen, wie hohe Mauern wirkende Häuserfronten ab. Es war nicht gestreut oder der Neuschnee hatte die gestreute Asche überdeckt. Sein Vater, seine Mutter und er waren mit Taschenlampen ausgestattet. Nicht der kleinste Lichtstrahl entwich aus einem der tausend schwarzen Fenster in der Stadt, die wie geschlossene Augen auf die im dunkeln tappenden Fußgänger blickten. Alles war in absolute Finsternis getaucht. Wie Glühwürmchen auf dem Hochzeitsflug blitzten da und dort Taschenlampen auf, wie üblich abgedunkelt mit roter oder blauer Glasfarbe. Stießen dennoch Passanten zusammen, entschuldigten sie sich wortkarg. Sein Vater ging voran. An der Hand der Mutter folgte er schweigend, gezogen wie ein störrisches Kalb.

Leute, die nur durch ihre Unterhaltung in der Finsternis zu ahnen waren, warten bereits an der nahe gelegenen Straßenbahnhaltestelle. Rattern kündigte sich das blecherne Gespenst von einer Straßenbahn an. Ein alter Triebwagen mit einem noch älteren Anhänger und einer abgedunkelten kleinen Lampe an der Vorderseite rumpelte heran und war erst, unmittelbar vor der Haltestelle, zu erkennen. Wie der Straßenbahnführer in dieser Dunkelheit seinen Weg fand und wußte wo die Haltestellen zu finden waren, blieb ihm ein Rätsel. Auf der offenen, vorderen Plattform stand männlich, frierend der Straßenbahnführer mit dicken Handschuhen und Ohrenschützern, um mit der linken Hand die Geschwindigkeit zu regulieren und mit der rechten Hand die Bremse zu bedienen. Geschoben von der Mutter zwängte er sich in den beleuchteten und beheizten Innenraum. Die Fenster waren verdunkelt. Die Straßenbahn von außen kaum wahrnehmbar, schlängelte sich wie ein lärmender Blechwurm weiter durch die dunklen Straßen der Stadt, nachdem der Schaffner zur Abfahrt geklingelt hatte. Bis zum nächsten Halt verkaufte der uniformierte Straßenbahnschaffner seine abgestempelten Fahrscheine an die neuen Fahrgäste. Sein Vater blieb auf der Plattform, um eine Zigarette zu rauchen. Die meisten Männer standen auf der Plattform, denn es war männlicher in der Kälte und beim Fahrer zu stehen. Wer sich in den Innenraum begab, fühlte sich weibisch und nicht fähig der Kälte und der Kriegsgefahr zu trotzen. Der Krieg brauchte Helden, nicht nur an der Front. Kreischend und quietschend verschwand die Straßenbahn wieder in der endlosen Finsternis nach kurzer, schwerfälliger Anfahrt, als er mit seinen Eltern an der Krugstraße ausstieg. Der einsetzende Schneefall nahm selbst die letzten Geräusche der Trambahn schnell in sich auf und alles erstickte im Flockenmeer. Bei der Tante, es war seine Patin, war es warm, hell und aufregend, denn das Christkind war, wie man ihm erzählte im Wohnzimmer, um die Geschenke unter den geschmückten Christbaum zu legen. Für die ganze Großfamilie war er als jüngstes Mitglied der Mittelpunkt, die Hoffnung für die Zukunft, der Stammhalter. Von den anderen männlichen, älteren Nachkommen waren nur zwei zum Fest gekommen, einer hielt zum gleichen Zeitpunkt die Stellung an der Ostfront und zwei hatte der Krieg schon das Leben gekostet. Sein kindliches Alter war der einzige Grund vom schrecklichen Kriegseinsatz verschont zu sein.

Endlich war es soweit, das Christkind hatte seine aufwendige Arbeit beendet. Ein riesiger Christbaum vom Boden bis zur Decke machte das kleine Zimmer zum Zimmerchen. Wie immer es auch geschah, der Onkel hatte sogar echte Wachskerzen aufgetrieben, was ihm die Bewunderung aller Erwachsenen einbrachte. Onkel Hans, der Pate und Namensgeber, war stolz auf das große Geschenkaufkommen für den kleinen Neffen. Vor allem auf das große Schaukelpferd mit braunem Fellersatz und rotem Zaumzeug. Hansi, so nannten sie ihn, wollte schon lange einen „Gaul". Er wollte so einen, wie die im Zirkus. Männer und

Frauen sprangen auf die Pferde. Er war begeistert. Ihm, dem Paten, war es gelungen, selbst in den Kriegswirren den Wunsch zu erfüllen. Geschmückt mit Tannzweigen stand der „Gaul" aufgeputzt wie ein Pfingstochse vor dem Weihnachtsbaum. Die strahlenden Augen des Paten trübten sich schnell, als er, klein Hansi, ins Zimmer trat und die Attraktion kaum eines Blickes würdigte. Auf die Frage was das vor ihm sei, antwortet Klein-Hansi: „Ein Ständer für die Zweige." Schnell war die Dekoration entfernt, um dem Kind das Wunderspielzeug nüchterner präsentieren zu können.

„Na, was sagst du jetzt?" war zwangsläufig die nächste Frage. Aber Hansi sagte nichts. „Gefällt dir der Gaul nicht?" Alle warteten.

„Nein." Das Gesicht des Onkels wurde länger.

„Und warum?"

„Der frißt ja nicht." Alles lachte und die Bescherung am Heiligenabend war gerettet.

Wie es sich für die damalige Zeit geziemte, gab es zum Schaukelpferd eine kindgerechte Kriegsausrüstung. Ein Holz-Gewehr mit Schloß, Koppel, Stahlhelm und Säbel. Nun war für ihn der Abend gerettet. Papa und Mama waren keine Freunde dieses Kriegsspielzeugs und hatten sich nie diesen kindlichen Wünschen ihres Sohnes gebeugt. Überglücklich nun bald einer der Arme schlenkernden Helden zu werden, bewachte er nur so zur Übung tagsüber an den Weihnachtsfeiertagen in voller Ausrüstung mit einer weißen Wollmütze unter dem blechernen Stahlhelm das Hoftor zu ihrem Haus.

Heute weiß er wie schrecklich der Krieg war, was für ihn als Kind nur Alltag bedeutete. Von den Bildern der vielen Gefangenen, die nach Schweiß, Dreck und Holzbaracken rochen, ungepflegt und un-

terernährt waren, konnte er sich nicht befreien. Erst einige Jahre spä-
ter, sollte er einige von ihnen persönlich kennen lernen.

Durch die Türe kam der Geruch von Fleischbrühe zu ihm und sig-
nalisierte, daß jemand in der Küche eine Kraftbrühe gekocht, um ihm
Stärkung zu bringen. Die Frage war, ob er überhaupt krank war?
Sicher, er war alt und schwach. Eine Rinderbrühe würde ihn auch
nicht jünger und nicht frischer machen, die Frage, ob sie ihn wieder
auf die Beine bringen würde, stellte sich nicht für ihn.

Am Anfang des ersten Schuljahres spielte für ihn der Geruch von Fleischbrühe eine wichtige Rolle. Im Hofgebäude
quer zwischen Vorder- und Hinterhaus hatte sich ein aus
dem Militär entlassener Metzger niedergelassen und die aus
Altersgründen geschlossene Metzgerei im Vorderhaus wieder eröffnet. Wenn die fetten, gehaltvollen Dampfwolken
von der offenen Türe der Wurstküche durch den Hof und
zu ihm in den ersten Stock zogen, war sicher, daß er dringend einen Besuch in der dampfigen Wurstküche abstatten
mußte. Große Mengen von ausgekochten Knochen waren
zum Abholen bereit, die er für die Sammelstelle in der
Schule bekam. Alle Schüler waren aufgerufen Kleider, Zeitungen, Schuhe und Rohstoffe zu sammeln. Alles wurde für
den Krieg benötigt. Die Knochen tauschte er bei der Sammelstelle der Schule gegen Punkte und die Punkte gegen eine Kinokarte ein. Auch der Metzger war es zufrieden, denn
der kleine Hansi hatte die Entsorgung seiner abgekochten
Knochen übernommen. So entstand eine feste Freundschaft zum Metzger aus dem Hinterhof, der sich freute,
wenn Hansi ihn besuchte. Wie zwei alte Freunde begrüßten
sie sich und schwätzten miteinander. Solche Abwechslung
war dem kleingewachsenen Metzger mit den strahlenden
Augen willkommen. Mit rotem Gesicht, die Hemdärmel
seiner Metzgerkluft aufgekrempelt, freute er sich über die

Besuche seines kleinen Freundes. Freudig erregt und mit großen Schweißperlen auf der Stirn wartete er immer auf den Moment, um die sorgsam gesammelt Knochen seiner Wurstproduktion an den kleinen Freund übergeben zu können. Bewundert und bestaunt als einziger Knochensammler der Schule, war er auch hier bald bekannt, vor allem die ungeahnten Mengen an Knochen beeindruckten die freiwilligen Helfer. Schüler aus den oberen Klassen betreuten täglich die Sammelstelle der Schule und führten genau Buch über die eingegangenen Rohstoffe.

Mit dem Beginn der Schule begann auch für ihn das Zeitalter des Schlüsselkindes. Seine Eltern mußten früh aus dem Haus, er schloß die Wohnung, hängte sich den Schlüssel um den Hals und ging vor das Hoftor, um auf die Kriegsgefangenen zu warten. Sie taten ihm leid. Der eine oder andere lächelte sogar. Langsam konnte er sie unterscheiden und nach Nationen einteilen. Die Russen unterschieden sich eindeutig von westlichen, Feinden. Und eines Tages war sogar eine Gruppe Italiener dabei. Sie trugen fast alle ihre grünen Uniformen ohne militärische Zeichen. Das Stimmengewirr war nicht mehr das, was er kannte und im Ohr hatte. Zu unterschiedlich waren nun die Gefangenen und ihre Nationalitäten. Der zweite Weltkrieg hatte zu diesem Zeitpunkt eine weitere, schlimmere Phase erreicht. Zu den täglichen Nachtangriffen kamen überraschende Tagesangriffe der schweren alliierten Bomber, die es nicht mehr nötig hatten im Schutze der Nacht ihre tödliche Fracht über der alten, historischen Stadt abzuladen.

Wegen der täglichen, schweren Bombenangriffe, die nun zu jeder Tages- und Nachtzeit geflogen wurden, war seine Schule stark bedroht. Unmittelbar neben Siemens-Schuckert war die Gefahr groß von einer verfehlten Bombe getroffen zu werden. Bei jedem Alarm mußten Kinder und Lehrer, die sich zu diesem Zeitpunkt im Schulgebäude befanden, in den großen, grauen Betonbunker rennen, der als Würfel hinter der Schule an die Straßenecke stand. Da diese Laufübungen während eines Unterrichts am Vormittag mehrmals stattfinden konnten, war ein normaler Schulunterricht nicht mehr gegeben. Die Schule wurde geschlossen.

Ein großer Abschied war es für ihn nicht, denn in den wenigen Stunden des ersten Halbjahres die für den Unterricht blieben, war es nicht möglich einen Freund zu finden, kennenzulernen oder mit ihm vertraut zu werden. Dazu waren nach den Bombenangriffen viele Kinder verstört oder sie kamen gar nicht zur Schule, wenn ihnen die Nacht das zu Hause nahm. Viel gelernt hatten sie auch nicht. Die Erinnerung lag nur auf den ersten Seiten seines Lesebuchs. Beim Aufschlagen war als erstes der Führer zu sehen mit vollem Namen darunter. Es waren auch seine ersten Worte, die er schreiben konnte, ohne zu wissen, daß es ein Alphabet gab. Nicht die einzelnen Buchstaben waren wichtig, sondern das Erkennen der Worte. Die zweite Seite zeigte einige Hitlerjungen, die eine Hakenkreuzfahne hißten. Darunter standen die Worte „Sieg Heil". Nun konnte er schon vier Worte lesen und schreiben, und das ohne Buchstaben gelernt zu haben. Zur Unterstützung lernten sie ein Gebet, welches die Klasse stehend jeden Morgen durch die Gegend brüllte:

„Wir werden Siegen, weil wir an den Führer glauben." Für die „Erstklässler" waren diese holen Worte keine Aussage, man brüllte eben.

Dabei wäre es so schön gewesen in der Schule zu bleiben, denn sie war nur eine kurze Haltestelle entfernt, was natürlich einfach zu laufen war. Aber mit der Straßenbahn machte es mehr Spaß. In Begleitung Erwachsener war die elektrische Fahrt für Kinder kostenlos. Oft bekam er von seiner Mutter zwanzig Pfennig als Belohnung für eine Fahrt mit der Straßenbahn zur Schule, die er sparen konnte, wenn er freundlich einen netten Mann oder eine Frau fragte, ob sie ihn nicht eine Station mitnehmen würden. Meist klappte es bei Männern mittleren Alters am Besten. Sein Blick hatte sich geschärft, welche Personen sich für die blödsinnige Bettelfahrt eigneten. Bei Frauen hatte er weniger Glück, sie waren nicht so zugänglich und reagierten meist abweisend, hatte den eigenen Kopf voll anderer Dinge und fanden sein freundliches, kindliches Verlangen als reine Belästigung. Männer dagegen erinnerten sich vielleicht selbst an ihre eigenen Jugendstreiche und taten ihm den Gefallen. Sicher kam es auch vor, daß er unterschiedliche Personen fragen und letztlich doch zu Fuß gehen mußte.

Obwohl es mit Männern leichter war ins Geschäft zu kommen, war Wochen später die allgemeine schnell ansteigende Unsicherheit und Unzugänglichkeit unter der bahnfahrenden Bevölkerung spürbar. Zugegeben, die zunehmenden Luftangriffe waren schwer zu verkraften und die ausgegebenen Durchhalteparolen immer fanatischer. Dazu kam, daß niemand niemanden mehr zu trauen schien.

Die negative Stimmung unterstützte seit Wochen der schwarze Schatten einer wuchtigen Männergestalt mit Hut. Die rechte Hand herunterhängend, mit einem großen gelben Fragezeichen in der Mitte seiner Figur. Er schmückte direkt hinter der Haltestelle die braune Bretterwand. Das gelbe Fragezeichen gab Rätsel auf. Vor allem Männer zerbrachen sich den Kopf über den vermeinten Doppelgänger. Niemand wußte Wer oder Was gemeint war. Viele bezogen es auf ihre eigene Haltung dem Regime gegenüber und wurden zunehmend unsicherer.

Die wildesten Gerüchte kamen auf. Jedermann glaubte zu

wissen was gemeint war. So gab es eine Vielzahl an Auslegungen und Deutungen. Selbst nach mehreren Wochen gewöhnten sich die Leute nicht an den schwarzen Mann. Von Beruhigung konnte nicht die Rede sein. Immer mehr Abbildungen des schwarzen, unheimlichen Volksgenossen tauchten auf. An Wänden sie sonst nur als jungfräulich bekannt waren verfolgte die Bevölkerung das schwarze Gespenst mit dem gelben Fragezeichen. Es wird sich um Juden handeln erzählten vermeintlich Eingeweihte und hoben dabei die Schultern. Die allgemeine Verunsicherung war hervorragend inszeniert. Angst machte sich breit und jeden Tag sahen die Leute neue Schatten an den Wänden auftauchen. Wie von einer Invasion wurde die Stadt überflutet, aber mit den neuen Mitbewohnern wollte keiner zu tun haben. Sie gehörten nicht zu den unter diesem Krieg leidenden Menschen auf der Straße. Wie eine biblische Drohung drängte der schwarze Schatten sich nicht nur an die Haus- und Bretterwände der Stadt, sondern auch in die Köpfe der Bevölkerung. Jeder sah morgens mit banger Sorge auf neue Schatten, die nachts entstanden waren und wartete voll Ungeduld auf die Lösung des bohrenden Rätsels.

Eines Morgens, nachdem die unheimliche Spannung auf ein unerträgliches Maß angewachsen war und unzählige Schatten die Wände der Stadt verunstalteten, wurde das Geheimnis gelüftet. Statt des großen gelben Fragezeichens stand es gelb auf schwarz „Feind hört mit!"

Dieses Schlagwort nahm jeder wörtlich, denn niemand war sich mehr sicher. Der Feind, wer immer das war, konnte selbst der Nachbar sein, der Mann von neben an. Die zunehmende Angst vor Denunziation war in der Zwischenzeit soweit vorangeschritten, daß keiner ein lautes, kritisches Wort mehr wagte. Wie oft saß sein Vater mit der dicksten Bettdecke des Hauses über Kopf und Volksempfänger in einer Ecke, um den deutschsprachigen BBC abzuhören. Nur so konnte die andere Seite des Kriegs hörbar gemacht werden. Ein tödliches Unterfangen, denn auf diese einfache Informationsbeschaffung stand KZ und Hinrichtung. Aber es war die einzige Möglichkeit an brauchbare Informationen zu kommen und sich ein eventuelles Ende der steigenden Bedrohung auszurechnen.

Wenn für ihn auch das Kriegsspiel zum Alltag gehörte, war es für seine Eltern und Verwandten nicht nur eine unerträgliche Belastung, sondern auch die ständige Angst um Hab und Gut und Leben.

Nun war es für ihn und seine Mutter Zeit sich abzusetzen, denn er sollte, wenn auch unter schwierigeren Umständen zur Schule gehen. Da es im stark bedrohten Nürnberg keine Möglichkeit mehr gab seine Bildung auszubauen, übernahm sein Vater eines der kleinen Holzhäuschen, die seine Firma für bombengeschädigte Mitarbeiter als Behelfsheime etwa siebenundzwanzig Kilometer südwestlich der Hauptstadt auf einer Waldlichtung bereitstellte.

Vor der Abreise sorgten schwere nächtliche Luftangriffe für weitere Unruhe. Nach jedem Angriff und der Entwarnungs-Sirene ging sein Vater regelmäßig zu seiner Mutter, um nach dem Rechten zu sehen. Oma wohnte nur einige Schritte um die Ecke. Sie litt seit Jahren unter starkem Asthma und rang ständig nach Luft. Stundenlang betätigte sie deshalb das kleine, gläserne Inhalationsgerät mit dem roten Blasebalg. Auch er war täglich bei seiner Oma und durfte schon bevor er in die Schule ging alleine den Weg gehen, da nur eine kleine Nebenstraße zu überqueren war. Es waren nur etwa hundert Meter die Gugelstraße hinauf, wenn er am eisernen Hoftor links abbog und an der Häuserfront entlang ging. Dann nochmals links und beim alten Schuster vorbei, der arbeitend im Fenster saß, eine Idylle wie aus dem Mittelalter. Ein letztes Relikt aus Hans Sachsens Zeiten. Gut hätte der Schuster einige hundert Jahre früher leben können ohne aufzufallen. Er blieb immer bei ihm stehen, schaute dem Meister zu und war ein täglich wohlgesehener Gast. Erst dann überquerte er die schmale Nebenstraße, an der alten Eckwirtschaft. Daneben die Haustür der Oma. Nach kurzem Klingeln schaute Oma im vierten Stock aus dem Fenster.

„Oma trage mich hoch, ich kann nicht mehr laufen."

Die kranke, nach Atem ringende Oma kam schnaufend aus der vierten Etage und trug ihren faulen Enkel nach oben. Zum Dank mußte sie ihm kleine Hörnchen mit Sand kochen. Seine Leibspeise. Nudeln mit gerösteten Semmelbröseln. Er aß ließ es sich schmecken und drängte seine kranke Oma mit ihm nach Hause zu kommen, denn ihm würde seine Mutter nicht glauben, daß er satt sei und das frisch gekochte Gemüse nicht essen könne. Und die Oma machte alles was ihr einziger Enkel von ihr verlangte. So sind eben die Großmütter dieser Welt bis heute.

Noch heute tat es ihm leid, daß er seine Oma so quälte, aber beide waren glücklich zu ihrer Zeit. Hans lächelte, als er an diese schönen Erinnerungen dachte. Es war lange her und doch war es ihm als ob er gerade in der besagten Schuckertstraße im vierten Stock bei seinen Nudeln saß.

Das waren die letzten Erinnerungen an die frühe Kindheit in der deutschesten Stadt Deutschland, wie sie damals genannt wurde. Eine Stadt, die fünfhundert Jahre zuvor mit Albrecht Dürer, Adam Kraft, Veit Stoß, dem Seefahrer und Geograph Martin Behaim, dem Erzgießer Peter Vischer, dem Uhrmacher Peter Henlein und vor allem Hans Sachs dem Schuster und Meistersinger der geistige und wirtschaftliche Mittelpunkt des Landes war. Alle Wege aus dem Süden führten über diese im Mittelpunkt liegende Metropole des Landes. Dann begann der fünfhundertjährige Dornröschenschlaf des ehemaligen Kultur- und Wirtschaftszentrums. Eine freie Reichsstadt, die in den neunziger Jahren des 18. Jahrhunderts von Bayern und Preußen geteilt und 1806 wegen vierhunderttausend Goldmark Schulden, dem bayerische Staat einverleibt wurde. Wenn er da an die Schulden der heutigen Städte dachte – was hatten sich die Zeiten doch geändert. Besser ist es nicht geworden, obwohl schon seit über fünfundsechzig Jahren Frieden herrschte. War es der Kapitalismus, der mit dem Dollar und dem Kaugummi nach Europa kam? Eine Subkultur, die nur die „Show" kannte, aber echte Werte als unwirtschaftlich betrachtete. Deren erster Posten in der Bilanz „Profit" ist. Nein, dies war nicht seine Welt, sie war es nie gewesen.

Der Waldrand kam ihm in den Sinn, die schöne Zeit, trotz des Krieges. Mit seiner Mutter hatte er eines der ersten Holzhäuer, einen behelfsmäßigen Wohnraum für bombengeschädigte, am Waldrand nahe einer kleinen Kreisstadt südwestlich von Nürnberg bezogen. Die geplante Siedlung lag weit außerhalb des Ortes. Eine halbe Stunde zu Fuß bis zum historischen Ortskern und eine dreiviertel Stunde bis zum örtlichen Schulhaus gehörten zur täglichen Lebenserhaltung. Es war einsam da draußen am Waldrand. Eine einzige Baustelle. Bis zur Fertigstellung des ersten Häuschens mußten sie noch im Städtchen wohnen.

Er drehte sich auf den Rücken, starrte in die dunkle Decke und neue Bilder zogen auf. Da war eine große Frau, sie trug meistens schwarz. Sie war streng, groß gewachsen, eine Respektsperson. Der Mann war ein netter, kleiner Postmeister. Immer heiter verstand er es hinter dem Rücken seiner Frau mit Hansl seinen Spaß zu haben. Sie telefonierten nach Schalterschluß in der Postzentrale mit der Zeitansage, stöpselten und zogen Strippen, um neue Verbindungen zu bekommen. Es war für ihn einfach toll mit moderner Technik in Kontakt zu kommen. Frau Stecher dagegen beaufsichtigte seine Schulaufgaben und war strenger als die Lehrerin in der Schule, die nur Augen für ih-

ren verzogenen, ledigen Sohn hatte, den sie für den Führer aufziehen
wollte, wie sie betonte.

Die von der Firma zugedachten, neuen, ersatzweisen Unterkünfte warteten noch auf ihre endgültige Fertigstellung.
In dieser Zeit mußte er mit seiner Mutter, ein notdürftiges
Ausweichquartier beziehen. Es war ein möbliertes Zimmer
im ersten Stock eines repräsentativen weißen Gebäudes. Im
Erdgeschoß arbeitete das örtliche Postamt. Einfach, verschlafen und passend zum Städtchen. Der Bahnhof gleich
rechter Hand, wenn der Kunde das Postamt verließ. Beides
nahe zusammen, aber relativ weit vom eigentlichen Zentrum des Städtchens entfernt.

Hans lächelte, er hörte leise Musik und lieblichen Gesang. Kam es
von unten? Nein, es war Klavier und Gesang. Es kam von oben.
Von der zweiten Etage. In der Post. Ja, da wohnte eine Frau mit ih-
rer Tochter ein hübsches Mädchen. Sie hatte ihm gefallen, obwohl sie
viel älter war als er. Oft stand er neben ihr am Klavier, wenn sie sang
hing er an ihren Lippen und wünschte sich von ihr in den Arm ge-
nommen zu werden. Es war herrlich ihr beim Singen zuzusehen. Im-
mer sang sie ein Lied für ihn. Und sooft er bei ihr war, wünschte er
sich dieses Lied, das ihn sein ganzes Leben begleitete. Wenn er nur
noch ihren Namen wüßte. Der Gesang der kleinen Interpretin hatte
nie sein Ohr verlassen:

Und der Hans schleicht umher,
trübe Augen, blasse Wangen,
und das Herz ihm befangen
und der Kopf ihm so schwer,
und die Liese vor der Türe,
rotes Mieder, gold´ne Schnüre,
schaut hinauf in den Himmel

und sieht den Hans nicht an,
schaut hinauf in den Himmel
und sieht den Hans nicht an.

Am liebsten hörte er die letzte Strophe. Er sah sie an, stand neben ihr am Klavier, sie sang, er sah ihre roten Lippen, fühlte ihre Hingabe und verliebte sich in sie, obwohl er erst sieben Jahre alt war. Es war seine erste, kleine Liebe. Und immer wieder wünschte er sich die letzte Strophe und war glücklich, wenn sie ihm über das Haar strich.

Und der bittet und er fleht,
und er zupft sie am Zöpfchen,
und die Liese hält's Köpfchen
schon halb umgedreht.
Und sie lacht schon und zieht's Mäulchen,
und sie ziert sich noch ein Weilchen,
und dann küßt sie den Hans,
und 's ist alles wieder gut,
und dann küßt sie den Hans,
und 's ist alles wieder gut.

Das hübsche Mädchen, das mit ihrer Mutter, einer Kriegerwitwe, als Ausgebombte, ebenfalls in der Post ein möbliertes Zimmer bewohnte. Sie fuhr jeden Morgen mit der Bahn in die schon stark zerstörte Großstadt, um Musik und Gesang zu studieren. Nach der Prüfung, die sie mit gut bestand, kam die große Enttäuschung, denn alle Bewerbungen, die sie mit viel Mühe auf den Weg brachte, ergaben nur Absagen. Heimlich gestand ihre Mutter im Gespräch unter zwei Frauen, daß ihre Tochter zwar eine schöne, aber leider keine tragende Stimme habe und somit nie eine erhoffte Anstellung bekommen würde. Ihren tief sitzenden Schmerz und ihre Enttäuschung sang sich das klein gewachsene, zierliche, dunkelhaarige, Mädchen täglich am Klavier von der Seele und er, Hans, durfte daneben stehen und zuhören. Er wußte nichts von ihrem Schmerz, aber er fühlte ihre Traurigkeit. Ihm gefiel ihr Gesang, er liebte ihre Stimme und ihre aparte Erscheinung. Und immer wieder wünschte er sich die letzte Strophe und war glücklich, wenn sie ihn ein trauriges Lächeln schenkte. Es hätte ewig dauern können, aber es waren nur einige Wochen, die er in der Post wohnen durfte. Nie hatte er sie wieder gesehen oder von ihr gehört. Aber ihr Gesicht, ihre Stimme und ihr Lied begleiteten ihn bis heute. Wie war doch ihr Name?

Im ersten Häuschen, das fertig gestellt war zogen er mit seiner Mutter ein. Ein kleiner nur zwei Quadratmeter großer Vorplatz sowie ein größerer und ein kleiner Raum waren alles was es gab. Dazu ein einfacher Holzschuppen mit dem Klo und einer gemauerten Grube in der Ecke. Sehr einfach, aber besser als auf der Straße oder in den unwohnlichen Trümmern der Großstadt war es doch. Das alte Nürnberg wurde zusehends unsicher und das Leben in der Stadt wuchs sich zum Chaos aus.

Die pausenlosen Fliegerangriffe verstärkten sich und sein Vater wohnte allein in der schon fast zerstörten Stadt. Er hielt die Stellung. Wie lange wußte niemand. Am Samstagabend kam er mit der Bahn, ein Bummelzug, zum neuen, ruhigen und erholsamen Zweitwohnsitz im Grünen. Nach jeden nächtlichen Angriffen sah der Vater wie immer bei seiner Mutter nach dem Rechten und ob alles noch ganz war. Man konnte ja nie wissen. Es war ein Tag im Oktober, als er unerwartet mitten unter der Woche vor dem kleinen Holzhäuschen stand und verkündete, daß Oma ausgebombt sein. Am nächsten Morgen ging es mit dem Frühzug in die Stadt. Die ganze Familie war angetreten.

Das Haus seiner Oma war zur Hälfte weggerissen. Eine kleinere Sprengbombe hatte es erwischt. Von der Straße aus war Omas altmodisches Schlafzimmer im vierten Stock sichtbar. Ein braunes Bettgestell stand bereits schief und drohte abzustürzen. So etwas hatte er noch nie gesehen. Es sah für sein damaliges Verständnis ganz lustig aus von der Straße ins Schlafzimmer schauen zu können. Vorsichtig versuchte er mit seinem Vater über das stark beschädigte Treppenhaus nach oben zu gelangen. Ein waghalsiges Unterfangen, denn teilweise war die hölzerne Treppe aus der Wand und der Verankerung gerissen. Für ihn war es toll so ein Abenteuer erleben zu können. Sein Vater hatte aus Ermangelung eines notwendigen Last- oder Möbelwagens, die alle an der Front im Einsatz waren, ein Fuhrwerk mit zwei Pferden besorgt. Um die letzten Sachen, die noch brauchbar waren oder über das demolierte Treppenhaus abtransportiert werden konnten in die eigene Wohnung zu befördern, mietete er ein offenes Pferdefuhrwerk.

Es erwies sich nun als günstig, daß er mit seiner Mutter ausgezogen war, so hatten Oma und ihre restlichen Möbeln eine neue Bleibe, auch wenn die Gugelstraße hinterher mehr einem alten Möbellager als einer Wohnung glich.

Es war ein schöner, ein sonniger Tag aus seiner Sicht. Ihn kümmerte der Krieg wenig. Es war eben so. Vorsicht hatte er gelernt und stieg, sich immer wieder sichernd, hinter seinem Vater durchs schiefe Treppenhaus in den vierten Stock. Er erinnerte sich gut daran, wie er im Schutt kramte und in den wild herumliegenden Trümmern nach Brauchbarem suchte. Helfen konnte er sonst nichts. Da fand er eine Hutschachtel. Nie zuvor hatte er sie zu Gesicht bekommen, obwohl er doch täglich bei der Oma war und manchmal sogar bei ihr übernachtete. Neugierig, ohne zu fragen, öffnete er vorsichtig den Schatz und entdeckte einen nagelneuen Hut, einen Zylinder, wie man ihm sagte. Schwarz, glänzend, ein Prachtstück. Nie hatte ihm seine Oma dieses Kleinod gezeigt. Aber warum nicht? Es war eine Freude, den sauberen tief schwarzen, seidig glänzenden Zylinder in der Hand zu halten. Er setzte ihn auf. Zum Glück trug er eine Wollmütze und so paßte der Zylinder auf Anhieb.

„Um Gotteswillen nimm dem Bub den Zylinder ab!" rief Oma völlig aufgelöst ihrem Sohn zu. Niemals hatte er sie so aufgeregt gesehen. Nie hatte sie etwas so in Rage gebracht. Die zerstörte Wohnung und die kaputten Möbel waren plötzlich reine Nebensache.

„Warum? Laß doch dem Bub den alten Zylinder, den brauchen wir bestimmt nicht mehr."

„Bist du verrückt?" Sie war außer sich. „Das ist der Zylinder von deinem Vater, den hat er zu unserer Hochzeit getragen und ich habe ihn die ganzen Jahre sorgsam aufgehoben, weil du ihn zu meiner Beerdigung tragen sollst." Sein Vater glaubte nicht was er da hörte.

„Ich trage doch nicht den Zylinder, wo denkst du hin?"

„Es ist aber der Zylinder vom Vater."

Der Vater hatte seinen Vater nie kennengelernt. Als Soldat war er im ersten Weltkrieg in Frankreich gefallen, als sein Vater sechs Jahre alt war. Als Kriegerwitwe des ersten Weltkriegs mußte sie ihre beiden Kinder, ein Mädchen und einen Jungen allein durchbringen und erziehen.

„Was soll's, laß dem Bub die Freude, wir haben jetzt andere Sorgen." Damit war der kleine Vorfall für den Vater gelaufen und er konnte mit dem Zylinder auf dem Kopf, stolz auf dem hohen Kutschbock neben dem Kutscher sitzen und die Peitsche halten. Mit dem voll bepackten, hölzernen Pritschenfuhrwerk und zwei müden, alten Pferden ging es die kurze Reise um die Straßenecke. Gerne wäre er durch die ganze Stadt gefahren, denn so schön und so stolz war er noch nie mit einem Zylinder auf dem Kopf auf einem Kutschbock gesessen. Nur die Männer, die mit ihren schwarzen Wagen die Säge aus den Häusern holten hatten eine so edle Kopfbedeckung. Wer dachte damals schon an ein Auto? Nur klapprige Pferdefuhrwerke prägten das Straßenbild in der Großstadt. Es war eben Krieg.

Ein schwaches Lächeln huschte über Hans Gesicht. Es waren schöne, kindliche Erinnerungen, die ihm die damalige Zeit mit anderen Augen und anderen Gefühlen widerspiegelten, als sie in Wirklichkeit waren. Wie aber sollte er als Kind die Sache dramatisch sehen. Auch wenn sein Vater als Schwarzhörer versuchte die BBC-Nachrichten zu empfangen, um anschließend halblaut die ernste, aussichtslose Lage Deutschlands zu erklären. Die schöne Zeit am Waldrand kam zurück. Eine Zeit, die ebenfalls geprägt war vom Krieg, dennoch für ihn als Jungen voll aufregender Erlebnisse und verrückter Abenteuer steckte, deren Gefahren er sich nicht bewußt war oder vielleicht nur aus Neugierde getrieben die gefährliche Seite dieser Zeit als gegeben hinnahm.

Spielkameraden und Freunde gab es am Waldrand nicht, da er mit seiner Mama ins erste Behelfsheim einzog. Weitere Häuschen mußten gebaut werden.

Früh am Morgen kam ein Soldat, noch jung an Jahren, mit norddeutschem Dialekt, aufgepflanztem Bajonett und ein paar russischen Kriegsgefangen auf den ehemaligen Holzplatz, so die Adresse, am Waldrand. Sie hatten den Auftrag, die fehlenden Wohnstellen zu errichten. Es waren die einzigen Menschen die nun in seiner nächsten Nähe waren. Neugierig, wie es sich einem Jungen seines Alters geziemte, stand er den lieben langen Tag in entsprechender Entfernung und beobachtete die Arbeiten, die in gemächlicher Weise von statten gingen. Kleine Gruben wurden ausgehoben und einiges Baumaterial zusammengetragen. Maschinen gab es keine. Alles war reine Handarbeit. Auch ein angeblicher Mauerer traf ein, der den Gefangenen Anweisungen erteilte, was zu machen war. Viel Fachkenntnis vortäuschend ließ er eine komplizierte Konstruktion bauen, was als einfaches Plumpsklo dienen sollte. Keiner war es zufrieden, nicht einmal die Gefangen. Tage vergingen aber der deutsche Mauerer mit der doppeltdicken Brille und den wirren, rotblonden Haaren beharrte auf seiner Meinung, obwohl Vladimir ein sanfter, lächelnder Russe, der sehr gut deutsch sprach, sich heftig mit ihm auseinandersetzte. Der Streit eskalierte, und die deutsche Autorität setzte sich durch, da die andere Seite ja nur Gefangene – Russen – waren. Es wurde nach deutscher Anweisung gebaut. Noch nicht fertig, zeigte sich schnell die Fehlkonstruktion und der deutsche Fachmann ertränkte seinen Plan im Bier. Von diesem Tage an begann für den einschlägigen Mauerer die Frühstückspause gleich nach dem Eintreffen am Morgen und dauerte bis zum Feierabend. Die anstehenden Bauarbeiten überließ er den Russen und vor allem Vladimir, der seines Zeichens Bauingenieur war und wußte was er wollte und wie es funktionieren konnte. Vasilijew, Michel und Iwan waren die Helfer und er der Zuschauer. Es dauerte nur einige Tage, bis sie sich anfreundeten. Es war zwar verboten mit den Gefangenen zu sprechen, aber bei einem Kind war der zuständige Wachsoldat nicht so streng, sprach er doch selbst gern mit den Fachleuten aus dem Osten.

Die folgenden Tage wurden heißer und der kühlere Schatten war für die deutsche Wehrmacht vor Ort das beste Rückzugsgebiet. Von nun an verschlief der grün Uniformierte die Bauzeit regelmäßig in den neuen Häusern und überließ alles der Aufsicht des jugendlichen Zuschauers. Auch der Maurer gab nur noch Gastspiele auf der Baustelle. Nun oblag ihm die Oberaufsicht als Liebling und Kuppel zugleich. Bei den benötigten Sandfuhren mit dem Schubkarren saß er obenauf, sang und die erwachsenen Freunde und Spielkameraden stimmten ein. Eine fröhliche, schöne Zeit. Seine Mutter backte Hefenudeln und versorgte heimlich und vorsichtig die neuen Spielkameraden ihres Sohnes mit frischem Kuchen. Heimlich zauberte Vladimir eines Nachmittags die Bilder seiner Kinder aus dem Futter seiner blaugrauen Russenjacke. Es zeigte seine zwei Kinder und seine Frau. Lange sah er schweigend auf das Bild, küßte es und ließ es wieder im Jackenfutter verschwinden. In der Zeit, in der die deutsche Wehrmacht schlief, ließen es sich die Männer aus dem Osten ebenfalls gut gehen und arbeiteten dem warmen Wetter der Sommertage entsprechend. Sie spielten mit ihrem kleinen Freund und Aufpasser und putzten zum Dank für die ruhigen streßfreien Stunden dem schlafenden, alles sich selbst überlassenden Bewacher das Gewehr. Sie nahmen es fachgerecht auseinander, ölten es und gaben es auf das Feinste gereinigt wieder zurück mit den besten Wünschen für weitere schöne Tage. Es war zu schön, als daß es länger dauern konnte. Bald waren die restlichen Häuschen erstellt, die Russen abgezogen und weitere Ausgebombte aus der Großstadt fanden sich ein.

Der lange, sich ziehende Schulweg war nicht gerade das, was er aus seiner Heimatstadt gewöhnt war. Es gab keine Straßenbahn und alles mußte er zu Fuß bewältigt. Kaum hatte er den Waldrand und den Holzplatz verlassen, begann an den drei großen, hohen Fichten an der Weggabelung, eine lange, baumlose, staubige nicht befestigte Landstraße. Bis zum nächsten Haus waren gut zehn Minuten zu laufen. Dann ging es auf grauem Asphalt die Hauptstraße und einen steilen Berg hinunter in das Städtchen. Weiter am alten historischen Gasthaus „Stern" auf der rechten Seite vorbei, durchs Stadttor in den kleinen, mittelalterlich anmutenden Stadtkern. Tief in die Mulde gedrückt lag der historische Marktplatz mit der alten Schmiede, der ebenfalls aus dem Mittelalter stammenden Apotheke, den örtlichen Bäcker und einem kleinen Geschäft mit Schreibwaren, wo die Schulkinder ihren täglichen Bedarf an Utensilien decken konnten. Dies waren vor allem Griffel und Tafeln, falls es welche gab. Auch die benötigten Schulhefte gab es selten, denn für Papier waren kaum Rohstoffe vorhanden. Es war ja Krieg. Nur Naturpapiere wurden für Hefte verarbeitet, wenn es überhaupt welche gab. Zum Leidwesen der Schüler blieben die Schreibfedern beim Schreiben auf diesem einfachen, billigen, holzhaltigen Papier immer an den Holzsplittern hängen und die Tinte spritzte über die Seite.

Anschließend ging es wieder steil bergauf, bis zur Hauptstraße, noch hundert Schritte nach rechts und auf der linken Seite die sechzehn steinigen Treppen zum Schulhof und zum Schulhaus hinauf. Eine gute Dreiviertelstunde war vergangen bis er diese Treppen erreicht hatte. Hier mußte er die in Nürnberg abgebrochene erste Klasse fortsetzen. Der Krieg und die ständig anhaltenden Luftangriffe der Amerikaner bei Tag, erlaubten auch hier nicht einen kontinuierlichen Unterricht durchzuführen. Immer häufiger, zum Schluß fast täglich endete der Unterricht nach einer Stunde. Die Alliierten flogen ihre immer intensiver werdenden Angriffe auf Nürnberg. Der groß gewachsene, alte Bürgermeister der kleinen Stadt war gezwungen, auf den Marktplatz hinauszutreten, um seine Handsirene zu betätigen, die alle Einwohner zur äußersten Vorsicht aufforderte, denn Luftschutzräume oder Bunker wie in den Großstädten, waren an diesem Ort nicht vorhanden. In diesen Momenten begann für ihn wieder der Rückweg, den Berg hinunter, über den Marktplatz, den Berg hinauf, und alles im Dauerlauf, bis die Puste ausging. Danach trottet er die leere Hauptstraße entlang, bog auf den staubigen Weg ein, der durch die grünen Felder führte, dem neuen Wohnsitz am Holzplatz entgegen.

Diese Prozedur hielt einige Wochen an. Dann wurde der Zweite Weltkrieg schärfer, ging in die erwartete Endphase und die lauter werdende Front kam durch den ständigen Rückzug der deutschen Wehrmacht näher an die Kleinstadt heran. Von diesem Tage an wurde es auch für ihn gefährlicher. Amerikanische Tiefflieger „Japos", wie sie genannt wurden, schossen auf alles was sich unter ihnen bewegte. So kam auch für ihn die Zeit, wo er nach dem handgedrehten Alarm des Bürgermeisters, allein auf der langen, baumlosen Wegstrecke von einigen Tiefliegern beschossen wurde, die wie Kinder daran Spaß hatten im schnellen Flug bewegliche Ziele zu treffen. So die spätere Erzählung einiger Piloten, die damals im Einsatz waren.
Von diesem Tage an ließ ihn seine Mutter nicht mehr in die Schule, die selbst für die ortsansässigen Schüler zur Farce wurde. Zuhause hatte er nun freie Hand. Seine russischen Spielkameraden waren abgezogen und er mußte warten, wer kommen würde.

Dann kam die Nacht, die er nicht mehr vergessen sollte. Dumpfes Brummen hatte es angekündigt. Viele hundert Bomber flogen wie ein dichter Bienenschwarm über sie hinweg in Richtung Nürnberg. Flugzeuge beladen mit Tonnen des tödlichen Ballastes. Es war eine dunkle, sternenlose Nacht. Das monotone Brummen über den Köpfen hielt Jung und Alt auf den Beinen. Mittlerweile waren schon mehrere ausgebombte Familien in den neuen Behelfswohnungen auf dem Holzplatz hinter der idyllischen Kleinstadt eingezogen. Die drohende, anhaltende Gefahr am Himmel hatte viele Bewohner zum ersten Haus nahe der drei hohen Fichten geführt, um in Richtung Nürnberg zu blicken, wohin die tödliche Fracht geflogen wurde. Niemand war sich bewußt, was das dunkle, dumpfe Treiben am Himmel zu bedeuten hatte.

Es dauerte nicht lange, da wurden von den ersten Flugzeugen, welche die Noris erreichten, helle Lichter abgeworfen. Noch nie hatte man so etwas gesehen. Immer mehr solcher Lichter, die langsam zu Boden gingen, strahlten ihre Helligkeit ab. Der gleißende, gelbliche Lichtschein nahm von Minute zu Minute zu. Tausende und aber tausende dieser grell leuchtenden Fallschirme erhellten den Himmel in den nächsten Stunden so stark, daß selbst am Standort siebenundzwanzig Kilometer von Nürnberg entfernt noch die Zeitung in der Nacht zu lesen war. Es war unvorstellbar und keine Erzählung, keine noch so intensive Schilderung vermag das damalige Geschehen heute noch erlebbar zu machen. Auf der einen Seit war es wie ein Märchenauftritt, auf der anderen Seite ein Inferno.

Dann begann es. Die ersten Bomben fielen. Pausenlos waren die heftigen Einschläge selbst auf die große Entfernung zu hören. Welle um Welle wurde geflogen und die Fensterscheiben der kleinen Holzhäuschen begannen zu zittern und zu klirren. Ein rasches Ende war nicht absehbar. Das Stunden dauernde Bomberdemo war selbst für die in weiter Entfernung stehenden, in der kühlen Nacht ausharrenden, ausgesiedelten Großstädter eine schreckliche Zeit des Bangens und Wartens. Mit Entsetzen sahen sie als unfreiwillige Zuschauer das Inferno am Horizont. Wie Sodom und Gomorra brannte die nordbayerische Metropole. Und viele Leute fragten sich in dieser Nacht, ob die Menschen in der Stadt so gesündigt hatten, daß sie dies erdulden mußten.

Erst weit nach Mitternacht klang der Angriff ab, langsam verdunkelte sich die Nacht wieder und geschockt zogen sich die unfreiwilligen Zuschauer leicht frierend zurück in ihre Betten. Die leichten, leeren Bomber befanden sich auf dem Rückflug überflogen gelassen ein weiteres Mal wie zum Spott die kleine Siedlung am Waldrand.

Was würde der nächste Tag bringen? Auf die spärlichen Nachrichten war kein Verlaß, denn die vom Reich gesteuerte Radiostimme verkündete nur das, was erlaubt und vorgeschrieben war. Am späten Abend kam sein Vater verschmutzt und niedergeschlagen, leicht humpelnd und erschöpft am zweiten Wohnsitz an. Die erschreckende Nachricht, die er zu verkünden hatte, war ihm ins hagere Gesicht geschrieben. Seine ganze Haltung drückte das aus, was geschehen war. Schweigend setzte er sich auf den nächsten Stuhl, ohne ein Wort zu sagen. Erwartend, flehend sah ihn die Mutter an, traute sich aber nicht in ihn zu drängen. Der Vater seufzte leise, sah auf und sagte kurz:

„Wir haben alles verloren."

Mehr war auch nicht zu sagen, denn alles was geblieben war, hatte er in der alten, braunen Aktentasche aus Kunstleder, die er auf den Tisch legte. Langsam, ganz langsam kamen die ersten Bruchstücke. Mehr und mehr wurde die vergangene Nacht lebendig. Was die Ausgesiedelten unter den hohen Fichten von weiten erlebt hatten, wurde durch den Bericht des Vaters plastischer und direkter.

Es war der schlimmste Angriff den sein Vater je in seinem Leben mitmachen mußte. Selbst auf Montage, wo schwere Angriffe an der Tagesordnung waren, hatte es nie eine solche Wucht geballter Bombenfracht gegeben. Als Spezialist für U-Bootpumpen war er meist den gezielten Angriffen der Alliierten ausgesetzt, denn den Kriegsgegnern war immer bekannt, wo sich die Montage der Marineeinheiten befand, selbst wenn sie ins Inland verlagert wurden.

Eine schwere Sprengbombe hatte in der hellerleuchteten Nacht ihr Haus bis zum ersten Stockwerk aufgerissen, so daß die unzähligen anschließend abgeworfenen kleinen Stabbrandbomben auf Phosphor Basis bis in die Wohnung im ersten Stock fielen. Sein Vater hatte berichtet, daß er noch etwas aus der Wohnung retten wollte. Betten und Dinge, die er gerade greifen konnte warf er aus dem Fenster, bis es zu heiß wurde. Als das Treppenhaus in Flammen stand mußte er aus dem ersten Stockwerk springen, wobei der sich den Fuß verletzte. Dann wollte er die geretteten Sachen einsammeln, als brennende Balken auf das Letzte, was sie besaßen herabstürzten und das, was er aus dem Fenster geworfen hatte, verbrannte vor seinen Augen.

Nun hatten sie nur noch das, was sie auf den Leib trugen und die wenigen Sachen, die am Waldrand auf dem Holzplatz untergebracht waren. Auch er wollte auch wissen was von seinen Sachen vernichtet wurde und fragte nach einem belanglosen Spielzeug. Als der Vater auch dessen Verlust bestätigte, vergoß er einige Tränen, um nicht so unbeteiligt bei den weinenden Eltern sitzen zu müssen.

Schnell hatte sich die Familie damit abgefunden keine Möglichkeit mehr zu haben in Nürnberg wohnen zu können. Es war schön am Waldrand und er genoß die Zeit mitten in der grünen Natur und im heimischen Wald ohne Schule, ohne wesentliche Verpflichtung und geistigen Anstrengungen. Viele Tage war er mit der Mutter beim Pilze suchen, beim Holzsammeln und Holzmachen. Um Holz für den Winter hinter dem Haus zu haben, mußten zuvor unzählige Stunden an harter Waldarbeit geleistet werden. Meist waren es, aus Ermangelung an Männern, Frauen die diese schweißtreibende Waldarbeit ableisteten. Frühmorgens trafen sich die gelisteten, privaten Waldarbeiterinnen mit einem alten, erfahrenen Holzfäller am Waldrand gleich neben ihrem Häuschen am Holzplatz. Seine Mutter war mit anderen Frauen dabei die gefällten Stämme mit langen Baumsägen in Handarbeit auf Meterstämme zu zerkleinern. Mit einer kleinen Axt bearbeitet er die Krone des Baumes, um die Äste von dem sich verjüngenden Stamm zu befreien, was sie „ausästeln" nannten. Es war eine Zeit nach seinem Sinn.

Sorglos ohne Schule, nur das tägliche Einmaleins mit der Mutter und ab und zu ein kleines Diktat als bescheidener Schulersatz, war alles was er in dieser Zeit schulisch zu leisten hatte.

Die morgendlichen Ausflüge in den Wald der näheren Umgebung und die vielen Abenteuer, die sich mit teils sich zurückziehenden, versprengten Soldaten oder kleineren Armee-Einheiten ergaben, waren für ihn und seinen Freund, der ebenfalls Hans hieß, eine willkommene Abwechslung. Hans, sein Freund war mutiger als er, was sich beim Besteigen der riesigen Fichte in einer nahegelegenen Waldlichtung zeigen sollte. Aber es war auch gefährlich mit ihm zu gehen und seinen ausgefallenen Ideen zu folgen. Freund Hans traute sich mehr zu und hatte schnell begriffen, daß er der Stärkere war und vorgeben konnte, was gemacht werden sollte.

Der Krieg und sein nahes Ende schleppten sich langsam dahin, die Nahrungsmittel wurden knapper und selbst auf die zugeteilten Lebensmittelmarken war kaum noch etwas zu bekommen. Noch dazu versuchen die Einheimischen der kleinen Kreisstadt, die sehr abweisend den ausgebombten Familien gegenüberstanden, sie kurz zu halten, da sie diese als Eindringlinge empfanden. So waren die gelieferten und gehorteten Waren meist aus, wenn die kleinlauten, ausgebombten Bewohner vom Holzplatz zum Einkaufen kamen. Gute Bekannte und Einheimische aus Heilsbronn bekamen ihren Teil unter dem Ladentisch, wo alles für die Alteingesessenen zurückgelegt war. So blieb seiner Mutter nichts anders übrig, als „hamstern" zu gehen. Eine illegale Lebensmittelbeschaffung der Großstädter bei den schon reichen Bauern. Der Not gehorchend tauschten die Fliegergeschädigten ihre letzten Habseligkeiten, welche ihnen nach den Bombenangriffen geblieben waren, gegen ein paar Eier oder Mehl, vielleicht auch etwas Fleisch ein. Gegen Bettwäsche, Stoffen, Schmuck und Familienschätze versuchten die hungernden Leute der verwüsteten Großstädte auf dem Lande Lebensmittel zu ergattern. Manches Ei, manches Huhn oder ein kleines, fettes Stückchen Schinken wurden damals vergoldet. Einige geschäftstüchtige Bauern brüsteten sich sogar damit, daß ihnen nur noch der Teppich im Kuhstall fehlen würde.

Seine Mutter hatte persönliche Beziehung zur bäuerlichen Bevölkerung. Sie war von Geburt aus katholisch und während des ersten Weltkrieges zur Kinderlandverschickung bei katholischen Pflegeeltern im Raum Herrieden untergebracht. Eine Gegend, die von Glaubensbrüdern der evangelischen Kirche nicht betreten werden durfte. Daß seine Mutter bei ihrer Heirat aus Liebe zum evangelischen Glauben gewechselt war blieb den Bauern gegenüber ihr Geheimnis, so lange sie lebte. Mit diesem katholischen Hintergrund und der Tatsache, daß sie dort mit vielen Bauern und Bäuerinnen einst die Schulbank gedrückt hatte, gab ihr die Möglichkeit in den umliegenden Dörfern als halbe Eingeborene offenen Türen zu finden. Ihre Fähigkeit nähen zu können, aber auch bei der anstehenden Heu- und Kartoffelernte kräftig mitzuhelfen, sicherte während der gesamten Kriegszeit, die gute Lebensmittelversorgung der ganzen Familie.

Auch er mußte lernen katholisch zu beten, das Kreuz zu schlagen und nicht zu verraten, daß er nicht katholisch getauft war, da sonst das gute, fette Leben zu Ende gewesen wäre. Neben den üblichen Lebensmitteln wie Eier, Butter, Schinken, Hühner, Gänse oder einmal im Jahr ein halbes Schaf bekam die Mutter auch die zusätzlichen Lebensmittelmarken der schwanger gewordenen Bäuerinnen für Milch und Butter aus der Volksversorgung. Ein Paradoxie – aber so war es eben.

Damit war der Krieg für seine Familie nicht das, was andere Familien durchmachten. Aber auch die oft wochenlangen Aufenthalte auf dem Lande, speziell zur Erntezeit, wo mancher Bauer für die Arbeit zu Hause Ernteurlaub von der Front bekam, waren schöne Erinnerungen an die vergangene Kindheit. In seinem Alter hatte er, wenn das reife Getreide gedroschen wurde, nichts zu tun außer im Wege zu stehen und auf den Wagen zu sitzen, die in die Scheune gefahren wurden, überall mitzufahren und dabei zu sein. Es war eine herrliche Zeit und vom fernen Krieg keine Spur. Für diese Tage wurde meist ein Schwein

„schwarz" geschlachtet und es gab fettes Fleisch und Kraut, Bier und Schnaps in Hülle und Fülle für die vielen freiwilligen und die von Staat abgestellten, dienstverpflichteten Helfer. Je größer der Bauer war, desto größer war die Ernte aber auch das Fest.

II

Ein gutes halbes Jahr später – es war Ostern. Die Mama
hatte von einem kurzen Landbesuch, wie es sich für Ostern gehörte, einen dicken fetten Schweinebraten mitge-
bracht. Die zweimal ausgebombte Oma wurde aus der
notdürftigen Altenunterkunft des etwa zehn Kilometer
entfernten Nachbarstädtchens geholt, wo sie die ortsansäs-
sige Diakonie betreute. In einem großen Saal war Oma mit
einigen hundert alten, ausgebombten Menschen untergebracht. Eine Notunterkunft, die wirklich nur für den ersten
Notfall akzeptierbar war.

Es war ein schöner, sonniger Frühlingsmorgen, ein Ostersonntag, wie aus dem Bilderbuch. Ein leises Zwölfuhr-
läuten schwang sich vom Kirchturm der evangelischen
Pfarrkirche, ein Münster, das sich wie zum Schutz in das
Tal drückte, über den Holzplatz. Das ehemalige Zisterzi-
enserkloster gründete von 1132 – 1555 die Siedlung Heilsbronn. Bis 1625 war es die Grablege der fränkischen Ho-
henzollern.

Zu dieser historisch, religiösen Stimmung paßte der
Duft, des für diese Zeit mächtigen, scharf gebratenen
Schweinebratens, der in der Backröhre des kleinen Kü-
chenherds mit dem gesammelten Holzvorräten angebraten
und vorbereitet war. Seine Mutter hatte ihn auf ein schma-
les Tischchen unter dem Spiegel in den Vorraum gestellt.
Die Tür des Häuschens stand offen, die Vögel am Waldrand sangen ihre schönsten Osterlieder in höchsten Tö-
nen, als feindliche Flugzeuge über den Baumwipfel des
Waldes auftauchten. Am Waldrand hatte sich eine kleine
Gruppe deutscher und tschechischer Soldaten auf dem

Rückzug mit ihren Fahrzeugen vor dem Feind versteckt. Die mutigen Helden stellten sie sich breitbeinig auf die Wiese und zählten die Flugzeuge, alles Bomber, die zum österlichen Tagesangriff auf die Noris unterwegs waren. Die Frauen der Siedlung, auch sein Mutter, baten die Soldaten sich unter die Bäume zu stellen, doch sie wurden als überängstlich verlacht. Mutig und mit reichlicher Kriegserfahrung hätte kein Soldat Angst vor ein paar überfliegenden Maschinen, so die einzige Antwort dieser überheblichen Helden. Aufgestachelt durch die ängstlichen Frauen und mit viel Spaß auf ihrer Seite zählte die Rückzugsarmee ihren Mut beweisend, lautstark die Maschinen und waren bereits bei 480 Flugzeugen angekommen, als sie von den begleitenden Jagdfliegern, entdeckt wurden. Sofort wurde die kleine Siedlung als getarntes Militärlager gesehen und angegriffen. Selbst die am Ostersonntag zum Trocknen aufgehängte Wäsche verstärkte nun den Verdacht der bewußten Tarnung. Mehrere Salven der Bordgeschütze trafen die in einfachster Bauweise erstellten Holzhäuschen. Die großen Helden waren wie die Mäuse sofort in ihren Löchern unter den Bäumen verschwunden. In der Ferne waren die Einschläge der Bomben zu hören, doch dafür hatte niemand hier am Waldrand Augen und Ohren. Einige Geschosse aus den Bordkanonen hatten auch ihr Haus getroffen. Ohne Widerstand flogen die spitzen Geschosse durch die dünnen Holzwände. Zum Glück hatten sich Vater, Mutter und er, auf Kommando der Mama auf den Boden geworfen, als die ersten Schüsse fielen, Oma noch immer von den Angriffen in der Stadt gezeichnet lag auf dem Sofa, zugedeckt mit einer warmen Decke. Nach einer Viertelstunde war es vorbei. Vorsichtig erhoben sich alle. Die Oma jammerte, und klagte über Schmerzen im Bein. Seine Mutter hob die Decke, sah die blutigen Fetzen und das blutende Beim. Die alte Frau hatte einen glatten Durchschuß in der Nähe des Knies. Ein Querschläger steckte in der Türe der Küchenkommode, vor der er, Hans, gelegen hatte. Noch war seine Zeit nicht gekommen abberufen zu werden. Jemand hatte sicher im Buch des Schicksals nachgesehen und das Buch wieder zugeschlagen. Ein Bügeleisen alter Bauart mit einer starken, dicken Gußplatte hatte ihm das Leben gerettet. Zwar war die Gußplatte entzwei, doch hatte sie dem Querschläger die Kraft genommen. Dieser konnte nun nicht mehr die dünne Holztür überwinden und ihn verletzen. Im schmalen Nebenraum, die Betten standen hintereinander, flogen die Federn wie in einem Hühnerstall, durch den ein Fuchs gezogen war oder der von Wieseln oder Mardern heimgesucht wurde. Auch der heiß ersehnte Schweinebraten hatte sein Fett abbekommen, denn der Spiegel im Flur hatte sich in tausend glitzernden Scherben über ihn verteilt. So wurde der Schweinebraten für den Ostersonntag entsorgt, was blieb war der Duft und die angeschossene Oma.

Nach einem kurzen Überblick über das Geschehene wurde seine Mutter aktiv. Sie ging zu den Soldaten am Waldrand, machte ihnen Vorwürfe, weil sie, und davon war sie überzeugt, die Jagdflieger auf uns gehetzt hatten. Als Hilfe verlangte sie nun, daß ein Fahrzeug die Verwundeten aus der Siedlung in die umlegenden Krankenhäuser fahren sollte, was ohne große Widerrede gemacht wurde. Mit einem offenen Jeep wurden die verwundeten Frauen, es waren nur Frauen betroffen, abtransportiert. Für eine ältere, bettlägerige Schwerkranke kam jede Hilfe zu spät. Ein Geschoß hatte ihr den Unterleib zerrissen. Es war das blutigste Osterfest eines Lebens.

Der Krieg neigte sich seinem Ende zu, mehr und mehr Soldaten kamen auf dem Rückzug durch den Wald. Die

Einschläge der nicht mehr weit entfernten, feindlichen Artillerie waren bereits hörbar. Trotzdem versuchten die großmäuligen Funktionäre in brauner Uniform am Ort alte Männer zu mobilisieren. Volkssturm nannte sich diese absurd wirkende Volksarmee. Sie übten mit Holzgewehren auf Stativen das Zielen und glaubten mit Panzersperren über die Straße den Krieg aufhalten oder noch gewinnen zu können. Es war eine lächerliche Rentnertruppe und dennoch gab es auch unter den Alten einige Streber, die davon träumten die Amerikaner eigenhändig aus dem Land zu jagen. Zwei Wochen später wurde das kleine Heilsbronn von den nahenden Truppen überrollt.

In Nürnberg tobte noch der Kampf. Der Vater war wegen der verstärkten Luftangriffe auf die Noris, in einem ausgelagerten Zweigbetrieb seiner Firma südlich der Großstadt.

Es waren die Tage der Ungewißheit und der fehlenden Informationen zwischen den Fronten. Abgeschnitten von den noch nicht besetzten Gebieten war er mit seiner Mutter in Heilsbronn hinter, der Vater südlich von Nürnberg vor der Front, die sich langsam und unaufhaltsam nach Osten vorschob.

Dann kam der 8. Mai 1945 der Tag der Kapitulation. Der Krieg war aus, aber wo war der Vater? Tage später überschlugen sich die Gerüchte in der Siedlung der Ausgebombten, wo es hieß, daß alle Männer des Zweigbetriebs in Schwarzenbruck von den einrückenden Amerikanern getötet wurden. Die Soldaten hätte sie auf Anweisung der in Gefangenschaft schlecht behandelten, russischen Kriegsgefangen an die Wand gestellt und erschossen. Ein lauter Aufschrei ging durch die Siedlung, denn viele Männer waren noch unterwegs. Die Frauen wußten nicht genau, wo sich ihre Männer zur Zeit der einrückenden Truppen befanden. Auch seine Mutter war erschüttert, aber skeptisch, was die Gerüchte betraf, die sich mit jedem Kontakt von den letzten, dramatischen Stunden der Stadt anders darstellten.

Eine Woche bangen Wartens verging und nichts war vom Vater zu hören. Im Umkreis hatte sich alles beruhigt. Die Einheimischen ging, so weit möglich, zum Alltag über. Die mühevoll und nutzlos mit viel Aufwand gebauten Panzersperren wurden weggeräumt und die eifrigen Funktionäre aus dem Städtchen waren entweder untergetaucht oder hatten ihre schicke Uniform und das geliebte Führerbildnis vergraben. Sie schwuren heilige Eide, daß sie schon immer gegen die verruchten Nazis waren, aber zum Mitmachen gezwungen wurden. Wo aber blieb sein Vater? Tägliches Bangen und Warten verlängerten die kommenden Stunden und Tage.

Die zweite Woche war angebrochen ohne eine beruhigende Nachricht, ohne ein sichtbares Lebenszeichen. Sollte es doch wahr sein, daß sie ihn an die Wand gestellt hatten? Aber warum? Er hatte nie etwas getan, nie einen Gefangenen beschimpft, geschlagen oder erniedrigt. Meist war er auf ihrer Seite, war nie Soldat und bis auf seine Montagearbeit nicht am Krieg beteiligt. Seine Mutter zermarterte sich den Kopf. Okkultisch angehaucht versuchte sie zu spüren, daß ihr Mann noch lebte. Glaubte fest daran. Ihr Glaube sollte ihm die Kraft geben wieder zu kommen. Aber nichts war zu hören und zu sehen. Nicht der geringste Kontakt zur zerstörten Stadt war möglich. Weder Bahn noch Bus fuhren auf den teils zerstörten Strecken und Straßen, die darüber hinaus durch vorrückende Armeefahrzeuge der Amerikaner verstopft waren.

Tiefe Resignation und Verzweiflung gemischt mit wenig Hoffnung waren das tägliche Brot am Waldrand. In diese

Stimmung platzte eines Nachmittags der Schrei einer Nachbarin, der seine Mutter wie aus heiterem Himmel traf, die gerade mit einigen Frauen zusammenstand und über die verzweifelnde Lage sprach.

„Der Polak, der da vorn kommt, ist ihr Mann!" Sie schrie und warf die Hände hoch als ob ihr eigener Mann käme. Wie im Wahn, in der Hoffnung auf weitere Wunder, hielten alle an einzelnen Erlebnissen fest und schöpften damit neue Hoffnung. Der Anblick gab ihr für kurze Zeit die Gewißheit, daß auch ihr Mann noch am Leben sein mußte. Seine Mutter ging ungläubig an die Spitze des Holzplatzes, blieb unter den hohen Fichten stehen und schaut den Holzweg entlang, der zum Städtchen führte.

Ein Mann, hager mit einer dunkelblauen Jacke, eine Baskenmütze schief auf dem Kopf, unrasiert, mit einer alten, schmutzigen Hose bekleidet, im Knopfloch der Jacke steckte ein Eßlöffel, langsam schob er ein altes, klappriges, plattes Fahrrad mit einigen Schachteln auf dem Gepäckträger. Leicht hinkend kam er mit schweren Schritten und völlig erschöpft näher. Er war es.

Kaum daß er ein Wort gesprochen hatte, legte er sich so schmutzig wie er war aufs Bett und schlief. Erst am nächsten Tag war er bereit und in der Lage seine letzte Geschichte des Krieges zu erzählen.

Nürnberg 1945 – Blick vom Hauptmarkt zur Burg und Sebalduskirche
Foto: BR-online

49

Ende mit Schrecken: Nürnberg

Kriegsende 1945   *Stand: 14.04.2010*

Als "Stadt der Reichsparteitage" erwarb sich Nürnberg im Nationalsozialismus zweifelhaften Ruhm. Am frühen Abend des 2. Januar war es damit endgültig vorbei. Die Stadt, die die NS-Propagandisten zum "Schatzkästlein des Reiches" stilisiert hatten, war für die Alliierten zum Symbol der NS-Herrschaft schlechthin, zur "Urlandschaft der Nazis" (New York Times) geworden - ihr Todesurteil.

53 Minuten Apokalypse

Es war nicht der erste Angriff: Schon im August 1942 und erneut ein Jahr später hatten britische Flugzeuge die Rüstungsbetriebe MAN und Faun angegriffen und zugleich im ganzen Stadtgebiet massive Schäden angerichtet. 1944 gehörten der Fliegeralarm und der Aufenthalt in den Luftschutzräumen endgültig zum Alltag der Bevölkerung. Keiner der rund 60 Luftangriffe aber hatte die apokalyptische Gewalt jener 53 Minuten zu Anfang des Jahres 1945: 521 britische Bomber warfen über der schon weitgehend verteidigungsunfähigen Stadt 1.825 Tonnen Sprengbomben und 479 Tonnen Brandbomben ab. Unter den 1.829 Toten und 3.333 Verletzten befanden sich auch viele Kriegsgefangene sowie Zwangsarbeiter.

Die meisten Opfer: Frauen, Kinder, Senioren

Archiv Zerstörtes Nürnberg

Die Mehrzahl der Opfer aber waren, da ab 1944 fast alle "kriegstüchtigen" Männer an der Front standen, Frauen, Kinder, Senioren und alte Menschen. Sie alle wurden verschüttet, verbrannt, erstickt. Es gab nicht einmal genügend Särge, um die Toten zu bestatten. Hinter den nackten Zahlen verbergen sich unzählige persönliche Tragödien. So berichtet ein Zeitzeuge, er habe zwei Kinder gesehen, die etwas in eine Decke Eingewickeltes den Egidienberg hochzogen. Auf seine Frage, was denn in der Decke sei, erhielt er die Antwort: "Unsere tote Mutti".

Wunder inmitten der Vernichtung

Während dieser verheerenden Minuten, in denen fast alles vernichtet wurde, was in 900 Jahren Stadtgeschichte gewachsen war, spielten sich aber auch kleine Wunder ab. Die heute 84-jährige Ursula Kraft erlebte mit, wie nach einem Bombentreffer die Bewohner des Nachbarhauses verschüttet wurden. Fünf Minuten später sei direkt daneben eine Luftmine niedergegangen, wodurch "der ganze Dreck wieder in die Höhe gegangen ist". Dann standen die Leute zwar in ihrem kaputten Haus, aber sie waren nicht mehr verschüttet".

Placebo-Beruhigung durch "Onkel Baldrian"

Neben den Sirenentönen vor Bombenangriffen lag auch eine menschliche Stimme über der Stadt: Sie gehörte dem Westfalen Arthur Schöddert, der vom Gefechtsstand der Nürnberger Flak-Gruppe aus Luftmeldungen verlas. Seine wohltönend väterliche Stimme brachte ihm den Spitznamen "Onkel Baldrian" ein - und das Vertrauen vieler Zeitzeugen, die bis heute die besondere Zuverlässigkeit seiner Meldungen loben. Onkel Baldrians letzte Worte - "ich verabschiede mich von meinen Zuhörern, vielleicht hören wir uns einmal wieder" - lösten bei manchen Nürnbergern eine Art Abschiedsschmerz aus. Schmerzhafter war die Nürnberger Bilanz des Bombenkriegs: Die Altstadt war fast völlig zerstört. Die Löscharbeiten erstreckten sich über mehrere Tage. Viele Schulen und Ämtergebäude waren so stark beschädigt, daß das öffentliche Leben zunächst völlig lahmgelegt war. Die "Nährbevölkerung" der Stadt, die vor Kriegsausbruch bei 300.000 gelegen hatte, wurde bei Kriegsende auf kaum mehr als 160.000 geschätzt. Beim Einmarsch der Amerikaner waren rund 100.000 Nürnberger obdachlos.
l

Nürnberg zu 90 Prozent zerstört

Über 8.000 Menschen kamen bei den 59 Luftangriffen ums Leben, die während des zweiten Weltkriegs über Nürnberg geflogen wurden. Im April 1945 lag der größte Teil der Altstadt und insgesamt fast die Hälfte aller Wohnungen in Trümmern; nur 10 Prozent hatten die Bombardements unbeschädigt überstanden.
Der Raummangel zwang die Nürnberger dazu, ohne Rücksicht auf fehlende Seitenwände, Heizung oder Wasseranschlüsse praktisch alles zu behausen, was nicht akut einsturzgefährdet war: Die offizielle Luftkriegs-Dokumentation der Stadt Nürnberg listet auf, daß von knapp 20.000 schwer beschädigten Wohneinheiten 12.500 bewohnt wurden.
Quelle: BR-Online

III

Ausgeschlafen, gewaschen und rasiert, berichtete sein Vater was geschehen war. In seinem Gepäck hatte er Fliegerschokolade, Konserven und Zigaretten. Er war in Schwarzenbruck, im ausgelagerten Betrieb seiner Firma, als die ersten, vorrückenden Amerikaner vor der Tür standen. Sie kamen als gefeierte Befreier und Verbündete der russischen Kriegsgefangenen. Schnell waren alle deutschen Männer des Werkes zusammen getrieben. Gefangene berichtet den Befreiern von den miesen Umständen ihrer harten Arbeit und schlechten Behandlung. Ohne viel nach Recht und Ordnung zu fragen stellen die Amerikaner die deutschen Männer an die Wand und gaben den Befehl zur Erschießung. Die Gewehre der Soldaten bereits im Anschlag sprang Michel, der spezielle russische Freund des kleinen Hansi, dazwischen. Er war es, der das Portrait von Klein-Hans nach einem Paßbild mit Farbstiften gemalt hatte, ein russischer Kriegsgefangener vom Holzplatz, er schrie:

„Nicht Meister L..., guter Meister!" zog ihn weg, bevor die Salve der Amerikaner ohne Urteil das Leben seiner anderen Arbeitskollegen beendete.

Danach machte sich sein Vater auf den Weg Richtung Nürnberg mit einem alten Fahrrad, das er sich, nach dem Firmenumzug in den Zweigbetrieb, aus alten Teilen zusammengebaut hatte. Vorsichtig schlug er sich durch die immer stärker heranziehenden Truppen der Amerikaner. In der Noris, der zerstörten Reichsstadt ging alles drunter und drüber. Die Stadt war zu 98 Prozent zerstört. Kriegsgefangene aller Nationen waren frei und unterwegs, selbst darauf bedacht nach Hause zu kommen. Ein Pole kam auf ihn zu, fragte ob er Deutscher sei und nahm ihm sein Fahrrad ab. Einem Leidensgenossen klagte er sein Problem. Dieser verriet ihm, daß er sich am Besten als Pole getarnt durchschlagen könne. Die Not und die reichen Erfahrungen machten in dieser Zeit erfinderisch. Eine alte Jacke, eine Baskenmütze und vor allem einen Löffel, der als geheimes Zeichen im Knopfloch des Revers getragen werden mußte waren seine Tarnung. Und es half. Unbehelligt konnte sein Vater den Weg fortsetzen, besorgte sich auf polnische Weise ein Fahrrad und bekam von fremden Leuten, die eine Menge Kisten sichergestellt hatten, zwei Schachteln feinster Seltenheiten. Fliegerschokolade, Fleischkonserven und Süßigkeiten. Die Mutter weinte vor Freude, vor Erleichterung und weil alles gut gegangen war. Von diesem Tage an war nun der Holzplatz auch sein Wohnsitz.

Es dauerte einige Wochen bis sich die verworrene Lage beruhigt hatte. Alle arbeitsfähigen Menschen halfen ihren Firmen aus den Trümmern hoch zu kommen. Die notwendigen Aufräumungsarbeiten und der bevorstehende Wiederaufbau in der Stadt begannen bereits unmittelbar nach dem totalen Zusammenbruch. Allein der Not gehorchend, mußte die notleidende Bevölkerung den Neubeginn forcieren, um wieder ein Dach über den Kopf zu bekommen. Jeder intakte Ziegelstein wurde als Wertobjekt behandelt und war anfangs die einzige Währung, in einer in Trümmern versunkenen Stadt.

Mit kleinen Leiterwagen wurden Steine, Reste von Holztüren oder alte Balken, teils als Bauholz oder als Brennholz auf schuttüberlagerten Straßen gezogen. Überall sah man

Frauen mit dunklen Schürzen und einem dicken Turban auf dem Kopf in den unzähligen Trümmerhaufen stehen und Stein für Stein mit Hammer und Schaber säubern. Fast liebevoll schichteten sie auf, was sie in den Trümmern brauchbares fanden. Das Schönste in all dem maßlosen Elend war, daß nicht Trauer und Leid vorherrschten, sondern oft frohe Gesichter zu sehen und das eine oder andere Lachen zu hören war. Die Freude, die Schrecken des Kriegs überstanden zu haben, nachts, wenn auch nicht luxuriös, doch ohne Angst und ständigen Fliegeralarm, wieder schlafen zu können, gaben vielen Menschen die Kraft, sich aus dem unüberschaubaren Schutt zu erheben.

So fuhr auch sein Vater täglich mit der behelfsmäßig in Betrieb genommenen Bahn in die zerstörte Großstadt nach Nürnberg an den alten Standort des Betriebs, um die Trümmer zu beseitigen und wieder einen angemessenen Platz für seine Arbeit zu schaffen. Obwohl der Krieg zu Ende war, ging die Zerstörung weiter. Was die Waffen und die Bomben nicht geschafft hatte vernichtete nun die Politik der Siegermächte. Wie ein Triumphator nach der Schlacht stellten die Sieger ihren Fuß auf die am Boden liegende, aber noch bestehende Industrie und warteten darauf, daß auch ihr die Luft ausging. Aufgrund eines alliierten Beschlusses mußten alle Betriebe demontiert werden, die mit der Rüstung im zweiten Weltkrieg zu tun hatten. Und welche Firma war das nicht? Die Firmen, die Metall verarbeiten konnten waren in die notwendige Rüstung für den Krieg eingebunden und andere Betriebe, die das nicht konnten, also für den Krieg zu nichts nütze waren, wurden geschlossen und ihre Angestellten an die Front geschickt.

Für seinen Vater bedeutete dies, daß er nicht nur bei der Trümmerbeseitigung helfen mußte, sondern auch gezwungen war, die noch intakten, nicht beschädigten Maschinen

abzubauen, die er als sichere Grundlage für seine Arbeits-
kraft und zum Wohle seiner Familie hätte einsetzen können. So bauten er und seine Kollegen alle noch gangbaren
Werkzeugmaschinen seiner Abteilung ab und stellten sie
auf den Firmenhof in den Regen, wo sie schon nach Tagen
die ersten braunen Roststellten zeigten. Das Herz blutete
ihm, wenn er täglich an den geliebten Maschinen, die teilweise seine eigene Handschrift trugen, vorbei ging und ihr
rostiges Dahinsiegen sah. Erst ein gutes halbes Jahr später
kam der Befehl sie zu verschrotten.

Aber wie immer im Leben, so lag auch hier im Negativen
etwas Positives. Die Siegermächte erkannten alsbald, daß
ein totes dahinsiechendes Volk teurer ist als lebendige, ar-
beitsame Menschen. Menschen mit denen sie Geschäfte
machen wollten. Diese typisch kapitalistische Denke der
neuen Welt verhalf zu einem neuen Aufschwung. Für die
demontierten und bereits verrosteten oder verschrotteten
Maschinen und die zerstörte Restindustrie gab es neues
Geld und auch der maschinelle Wiederaufbau begann, bevor noch die alten unbrauchbaren Requisiten vom Fabrik-
hof verschwanden. Dies war für die Besiegten ein faszinie-
render Aufschwung, den die Siegermächte anordneten. Sie
selbst verfügten in ihren Ländern nicht über einen ebenso
modernen Maschinenpark, wie er sich nach der totalen
Zerstörung in Deutschland aufbauen ließ und seinem Land
zum künftigen Fortschritt verhalf.

Eingeteilt in vier Besatzungszonen, drückten sich die
amerikanische, britische, französische und russische Zone
wie kleine Stücke in einer Käseschachtel aneinander.
Schon bald zeigte sich, daß der große Sieg über das ver-
haßte Nazi-Deutschland nicht den Weltfrieden sicherte,
denn selbst die Siegermächte waren untereinander nicht

einig. Schon nach kurzer Zeit sorgte politische Uneinigkeit für neue Spannungen. Die russische Besatzungszone wurde geschlossen und die drei westlichen Zonen rückten zusammen. Wohl dem, der in der richtigen Zone ansässig war. Er und seine Eltern hatten die richtige Karte gezogen. Viele versuchten noch in den letzten Tagen auf die bessere politische Scholle zu springen. Manchem gelang es bevor die letzte Türe zugeschlagen wurde noch die Familie oder Verwandtschaft im Westen zu erreichen. Der Politpocker in der Bevölkerung hatte begonnen. Niemand wußte was kommen würde.

Für seine Familie bedeutete die westliche, positive Entwicklung sich wieder in Richtung Großstadt zu orientieren. Bereits zwei Jahr später hatten seine Eltern eine Wohnung in der Stadt gefunden und so waren sie nicht nur die Ersten beim Einzug auf dem Holzplatz, sondern auch die Ersten, die es schafften die Idylle am Waldrand zu verlassen.

Viele Jahre später hatten er auf der Durchreise den Holzplatz besucht, um der Vergangenheit nachzuhängen, aber wie überall, hatte auch hier die Zeit vieles verändert und kleine, weiße Einfamilienhäuser aus Stein hatten seine Vergangenheit unter sich begraben.

IV

Die vielen Gedanken, die alten Bilder, die Erinnerungen und die
Gefühle für das Vergangene hatten ihn geschwächt. Schön war es in
alten Zeiten zu schwelgen. Ein bunter Zeitablauf mit allen Höhen
und Tiefen, aber nicht immer negativ besetzt, denn als Kind war für
ihn manches normal, was Erwachsene nur schwer ertragen konnten.
Er wußte nicht was Frieden bedeutet, wußte nicht was es hieß ohne
Marken einkaufen zu können. Alles war selbstverständlich – auch
der Krieg in seiner ganzen Grausamkeit.

Einige Minuten hatte er geschlafen, nicht viel, aber genug, um wie-
der seinen Gedanken nachhängen zu können. Es wurde schwerer
Bilder von der Rückkehr in die Stadt heraufzubeschwören. Die
Schule war anfangs nicht das, was einen bleibenden Eindruck ge-
macht hätte. Er war kein guter Schüler. Noch in der dritten Klasse
hatte er die Auswirkungen der versäumten Schulzeit zu büßen. Er
hatte nur das erste halbe Schuljahr der ersten Klasse ohne richtigen
Unterricht in Nürnberg verbracht. Das zweite Schuljahr verbrachte
er am Waldrand nur mit dem kleinen und großen Einmaleins und
ein paar Diktaten. Aber wollte jemand von ihm das große Einmal-
eins hören?

In der Großstadt war die neue Schule auch nicht aufregend. Sein Lehrer aus der vierten Klasse hatte die Leitung
der Quäkerspeisung übernommen. Nach den hitzigen
Kriegsquerelen hatten sich die siegreichen Besatzer und
viele in der Neuen Welt an die hungrigen Kinder im zerstörten Deutschland erinnert. Humanität wurde wieder
groß geschrieben. Die notwendige Aufsicht und Verwal-
tung der Speisung mußte das noch vorhandene Lehrerper-
sonal ableisten. So stand sein Lehrer aus Mangel an Perso-

nal nicht nur zwei Klassen vor, sondern auch der täglichen Schulspeisung. Mit wichtigen Gebärden achtete er streng auf die gerechte Verteilung von dickem Haferbrei, Kakao und weichen Brötchen oder würzigen Erbsensuppe. Vielen Kinder waren unterernährt und auf eine warme Mahlzeit einmal am Tag angewiesen. Spenden aus den Staaten machten es möglich, daß die Kinder vor dem Unterricht mit ihren hellen Aluminium Henkeltöpfchen in der Turnhalle zum Essen fassen anstanden. Helfende Mütter füllten jedem Kind Suppe oder Brei in den Blech-Pott und gaben ein Brötchen oder einen bunt verpackten Riegel dazu. So begann zur damaligen Zeit jeder Schultag mit einem Essen. Der für die beiden Klassen abgestellte Lehrer verbrachte während der wenigen Unterrichtsstunden mehr Zeit zwischen Erbsensuppe und Haferbrei als bei seiner eigentlichen Klassenarbeit. Der bestehende Lehrermangel zwang diesen Lehrer, er war Junggeselle und eigentlich ein netter Mensch, eine Mädchenklasse und eine Jungenklasse gleichzeitig zu unterrichten. Viele seiner Kollegen war im Krieg geblieben oder in Gefangenschaft geraden. Einige waren sogar noch vermißt.

Für den Unterricht hatte der emsige Essenverteiler täglich seitenlange Beiträge vorbereitet, welche die Schüler von der Tafel abzuschreiben hatten. Verschlungene Flußläufe mit grünen und braunen Bergzügen sowie eingelagerte Dörfer, Städtchen und Städte wurden so in die Hefte seiner Schüler übertragen. Kein Kommentar, keine Erläuterung. Nach dem Abschreiben war meist die Schule aus. Der Lehrer, Herr Rüttinger, kam, um seine Klasse zu verabschieden, denn seine Morgenstunde war der Speisung hungriger Kinder gewidmet und der Rest des Vormittags den Mädchen. Als Junggeselle war er glücklich mit seiner Mädchenklasse. Für ihn war es ein herrliches Lebensgefühl von der jungen Weiblichkeit geliebt und verehrt zu werden. Sie verstanden es ihn zu umschmeicheln und allzeit sein Wohlwollen zu sichern. Was war dagegen eine Klasse mit dummen, frechen und ungehobelten Jungen. Ob diese Faulpelze das, was sie abgeschrieben hatten, hinterher auch wußten und gelernt hatten oder es vergaßen, interessierte Herrn Rüttinger nicht, er hatte seine amerikanische Kinderspeisung und seine geliebte Mädchenklasse. Das reichte aus ihn zu beschäftigen.

Auch er, Hans, kam täglich mit seinem Aluminium-Pott in die Turnhalle der Schule. Hier sah er seinen gestreßten Lehrer lächelnd und freudig erregt zwischen den ehrenamtlichen Ausgabefrauen herumspringen und die anstehenden Kinder zum Essen fassen aufzustellen. Es war wieder ein Jahr ohne besondere Schule.

Ein Jahr später übernahm Herrn Kohlbeck, ein älterer Herr aus der Reserve mit Fliege und grauem Anzug, grauen Haaren und einem langen vierkantigen Stock die Klasse. Respekt bei den Ruhestörern verschaffte er sich mit Schlägen seiner Holzstange auf deren Rücken. Er versuchte auf seine altmodische Weise in einem Jahr den Stoff nachzuholen, der wegen der Kriegsjahre nicht an die Kinder weitergeben werden konnte. Eine harte Arbeit, für ihn und die Kinder.

Für ihn war auch dieses Jahr nicht gerade positiv, denn eine langwierige Mittelohrvereiterung, die er durch das Schwimmen und durch Wasser im Ohr bekam sowie eine anschließende Mittelohroperation zwangen ihn drei Monate zu pausieren. Ursache war das Verschleppen der schlimmen Vereiterung durch seinen früheren Kinderarzt, der ihn schon im Krieg als Militärarzt mit Uniform betreute und Hakenkreuz und goldenem Degen präsentierte. Seine spiegelnde Glatze und sein kaltes Ohr beim Abhören am Rücken waren ihm in Erinnerung geblieben. Nach dem Krieg, als bekehrter Nazi, diente er als aktiver Kirchenvorstand in der Gemeinde. Dabei hatte er doch so gern die grüne Uniform mit den breiten Reithosen getragen.

Lehrer Kohlbeck blieb ihm auch ein weiteres Jahr erhalten und so konnte er mit viel Fleiß und den Druck seiner Mutter den versäumten Stoff aufarbeiten und nachholen.

Schöne oder schlimme Jahre? Er wußte es nicht. Die Jahre gehörten zu seinem Leben und konnten nicht wegdiskutiert werden. Jahrelanger Wiederaufbau war an der Tagesordnung. Die Noris war immer noch ein trister, grauer Trümmerhaufen. Querfeldein konnte jedermann auf schmalen, steinigen und verschmutzten Trampelpfaden quer durch die Stadt gehen ohne auf Straßen achten zu müssen. Unversehrte Denkmäler schauten verträumt über die Trümmer. Nichts war wie früher. Erst langsam, mit zunehmendem Alter begriff er was der Krieg angerichtet hatte. Als Kind war ihm der Untergang seiner Stadt, seines Landes, nicht gegenwärtig. Die täglichen Abenteuer genügten und sorgten immer für Abwechslungen. Die Trostlosigkeit konnte er nur an den für ihn unverständlichen Aufregungen der Erwachsenen ermessen. Heute weiß er, was Krieg bedeutete und was er damals gelassen hinnahm. Wer konnte ihm deshalb nachträglich einen Vorwurf machen? Auch wenn von anderen Ländern immer wieder auf die Vergangenheit und einer Kollektivschuld hingewiesen wurde, er war sich keiner Schuld bewußt, so wenig wie heute die Menschen aus Ländern, die in der Vergangenheit für Gold ganze Kulturen ausgelöscht hatten. Selbst die Inquisition hatte durch ihre Hexenverbrennungen Wissen vernichtet, um ihre Macht zu sichern. Dennoch denkt die Kirche nicht über eine Kollektivschuld nach. Warum sollte er nun schuldig sein? Nein, das verstand er nicht, auch nicht im Alter.

Vielen Kindern weltweit wird es heute genau so ergehen wie ihm. Sie wachsen mit täglicher Gewalt und Vernichtung auf und können

ihrem Spiel nichts anderes mehr hinzufügen als töten und getötet wer-
den. Dennoch sind sie fröhlich auf ihre Weise und werden erst später,
wie er, erkennen wie ihnen die Kindheit gestohlen wurde. Einige wer-
den es jedoch nie begreifen und geben das Erlebte als Normalität des
Alltags weiter an andere Generationen und das traurige Spiel beginnt
von vorne.

Er dachte an die Zeit nach dem Krieg. Es dauerte Jahre bis sich
eine gewisse Normalität einstellte. Noch war alles rationiert und die
bestehende Lebensmittelmarkenkultur trieb die wunderlichsten Blü-
ten.

Seine erst und wichtigste Tätigkeit nach der Schule, das
sofortige Leeren des Briefkastens. Danach studierte er das
wöchentlich erscheinende Amtsblatt mit den endlosen
Nummernrubriken der aufgerufenen Abschnitte ihrer gel-
tenden Lebensmittelkarten. Er ging mit dem Blatt in der
Hand die dunkle Treppe des Stiegenhauses hinauf, an den
Toiletten auf halber Treppe vorbei, in die zweite Etage.
Eine einfache Dreizimmerwohnung hatten die Eltern ge-
mietet. Die Wohnung hatten sie ausgestattet mit den geretteten Möbelstücken und einem Schlafzimmer aus einfa-
chem Buchenholz mit aufgemalter Maserung. Für zwei o-
der drei Pfund selbst gemachten Tabak und einigen hundert Reichsmark, ließen seine Eltern von einem Bauern-
schreiner das Schlafzimmer anfertigen. Von Luxus konnte
keine Rede sein. Und dennoch war es ein großes Geschenk
im Vergleich zu anderen Familien, die es in den schlimmen
Bombennächten ebenso getroffen hatte.

Nach dem Vergleich mit den Lebensmittelkarten traf er
eigenständig die Entscheidung, wie er strategisch vorgehen
wollte. Er war auf sich gestellt. Ein Schlüsselkind. Beide
Elternteile arbeiteten, um den Lebensunterhalt zu verdienen und auf neue Möbel sparen zu können.

Mit den aufgerufenen Nummern einzelner Abschnitte, waren diverse Sonderrationen zu bekommen. Das bedeutete jedoch schnell vor Ort zu sein. Gleich ob es Fisch, Fleisch, Butter, Milch, Brot oder etwas anderes war wie Hülsenfrüchte oder, oder......, er mußte sich eilen nicht als Letzter in der Schlange zu stehen. Eine zermürbenden, aber normale Situation. Schlimm und unübersichtlich gestaltete sich der Tag, wenn mehrere wichtige, den Speiseplan extrem beeinflussende Abschnitte, gleichzeitig aufgerufen waren. Hier half ihm seine offene, redselige Art. Mit Freundlichkeit hatte er als schmaler, schmächtiger Junge schnell die Herzen älterer Verkäuferinnen erobert und wurde als guter Kunde, als Bekannter eingestuft, für den immer etwas unter dem Ladentisch zurückgelegt wurde. Seine Erzählungen, daß er oft zu spät aus der Schule komme, seine Mutter aber den ganzen Tag arbeite, über den Vater wurde nie gesprochen, und er als Einzel- und Schlüsselkind sich alleine um das leibliche Wohl der Familie kümmern müsse, half in jedem Laden entsprechendes Mitleid zu erhaschen. Gleich ob Metzgerei, Fischgeschäft, Bäcker oder beim Milchhändler, alle kannten ihn als guten Kunden. Alle freuten sich, wenn er heiter und lachend kam und von seinen Erlebnissen aus dem Alltag berichtete, von der Schule zu erzählen wußte oder erzählte was ihm gerade einfiel. Es war die einzige Möglichkeit an einem Tag vorteilhaft an mehreren Stellen erfolgreich einzukaufen. Für Schwache und Kleine eine sichere Überlebensstrategie. Wenn sich wartende ältere oder für den Ladenbesitzer fremde Leute beschwerten, daß der Junge, der hinter ihnen stand noch etwas bekam, das für sie nicht mehr vorhanden war, dann beteuerte die Verkäuferin, daß es bereits zurückgelegt und nur noch abgeholt wurde. Andersherum kannte er diese Vorgehensweise aus Heilsbronn, wo Einheimische den Vorteil hatten.

Obwohl der Krieg vorbei war, ging der harte Kampf um das tägliche Brot weiter. Dennoch eine unvergessene Zeit, denn die Jagd mit den „Lebensmittelschnippseln" wurde für ihn zum Sport und er konnte seinen Erfolg, seine Art sich durchzusetzen so am Besten kultivieren. Diese Fähigkeit half ihm auch später in der Schule und im späteren Berufsleben seine Vorstellungen durchzusetzen. Er war nie groß, kräftig und gutaussehend. Mehr ein Typ von kleiner, schmächtiger Natur, nicht stark aber schneller als die Starken, wenn es galt wegzulaufen. Sogar mit Schultasche war er schneller. Sein Vater war entsetzt. Ein Junge sollte sich verteidigen können. Weggelaufen paßte nicht in die Philosophie seines Vaters. Für seinen Vater war er kein richtiger Junge. Ein Junge mußte sich einer Rauferei stellen, so wie er sich einst mit seinen Kameraden geschlagen hatte. Wer sich nicht einmal prügeln konnte, was sollte aus dem werden? Diese abwertende Bemerkung schmerzte mehr als eventuelle Prügel. Diese Schmach auf sich sitzen zu lassen war auch nicht seine Welt und so mußte er eben seine persönlichen Stärken nutzen. Als einer der besten Schüler in der Klasse gab es Möglichkeiten dem selbstbewußten, stämmigen Klassensprecher zu beraten sowie seine Entscheidungen entsprechend zu beeinflussen und seine Schwächen für sich in Vorteile zu wandeln. So wurden letztlich seine Vorschläge, die er geschickt als die Meinung des Anderen verkaufte, durchgesetzt. Es machte ihm Spaß sich so für die erlittenen Ungerechtigkeiten der Stärkeren und deren täglichen Terror zu rächen.

Sich dumm stellen, einfältig zu fragen bis der Andere auf die richtige, auf seine Idee kam, ihn dann zu beglückwünschen und anzufeuern hatte bald eine ausgereifte Methode angenommen und blieb sein Leben lang Grundlage seines Erfolgs. Bald hatte er erkannt, mit wieviel Mühe es verbunden war im Mittelpunkt zu stehen und für alles verantwortlich zu sein. Nein, er fühlte sich freier als „Einsager". In der zweiten Reihe konnte er seine Triumphe viel besser auszukosten als ganz vorne wie ein Pfau zu brillieren. Wie in fast allen Regierungen, selbst im Vatikan kannte man die „Galionsfigur" als Aushängeschild, aber nicht als Verkünder einer eigenen Botschaft. In der zweiten Reihe standen die Berater und lenkten das Geschehen der Staaten.

Die ersten Jahre in der Großstadt vergingen schnell, denn hier bot sich mehr Abwechslung als alleine oder mit ein bis zwei Freunden am Waldrand. Auch die kleine Seitenstraße in der sie wohnten, hinter dem Schlachthof, war ein idealer Spielplatz. Wenig Verkehr, drei vierstöckige Backsteinhäuser auf der einen Seite, drei Zweifamilienhäuser, mit einem Fischgeschäft und einer kleinen Drahtfabrik auf der anderen Seite. Dazu die verlassenen Ruine eines kleinen Hauses und eine Gartenwirtschaft mit einigen alten Bäumen an der Einmündung zur Hauptstraße. Dies ergab die überschaubare Grundlage seiner Umgebung. Beim Blick aus der zweiten Etage war das nahegelegene Schulhaus zu sehen, aber auch ein Blick über die hohe Schlachthofmauer war möglich, wo zweimal wöchentlich Schweine aus alten Eisenbahnwaggons getrieben wurden. Je nach Windrichtung war dies auch über die Nase wahrnehmbar.

In dieser Straßenidylle fanden sich aus Ermangelung an Spielplätzen auch andere Kinder ein, die sonst keine Chance zum Spielen hatten. Mit einem alten, dunkelgrauen, abgeschabten Tennisball trugen sie damals harte Meisterschaften im „Kellerfensterln" aus. Ein einfaches Fußballspiel auf der Straße. Jeder der Beteiligten hatte ein Kellerfenster als Tor. Jeder spielte gegen jeden und jeder verteidigte sein eigenes Tor und griff andere Tore an. Ein herrliches Spiel, das von den Erdgeschoßbewohnern, eines kleinen Naturfreunde Ladens nicht so sehr geschätzt wurde, da ab und an doch eine Fensterscheibe zu Bruch ging. Trotz dieser Mißgeschicke gab es nie Unstimmigkeiten, denn der Schaden konnte immer schnell aufgrund von Spenden der Zuschauer bezahlt werden. Die dankbaren Zuschauer waren zahlreiche Rentner in den drei vierstöckigen Häusern, die täglich in ihren Fenstern hingen und aus Langeweile dem Fernsehen der damaligen Zeit frönten. Sie schauten den lieben langen Tag aus dem Fenster und hatten ihre Freude, wenn ihnen die Kinder auf der Straße mit ihren Spielen die Zeit verkürzten. Es war ihre Sportschau ohne, daß sie den Begriff Fernsehen kannten. Ging eine Fensterscheibe zu Bruch, wickelten sie ihren Obolus in Papier und warfen ihn aufs Spielfeld. So half jeder jedem und alle waren es zufrieden.

Nur sonntags war es ruhig in der Straße. Am Nachmittag ließ sich manchmal „Michel" sehen, ein erwachsener, einfältiger, junger, groß gewachsener, kräftiger Bursche, der sich seiner Stärke nicht bewußt war. Gaben ihm die Kinder ein Zweipfennigstück, dann sagte er Gedichte auf, sang und tanzte für sie. Es war ein erschütternder Anblick den hilflosen Michel mit völlig verwachsenen Kleidern zu sehen, meist in einer schmutzig grauen Hose auf Hochwasser und einer dunkelblauen Jacke, die den Bund der Hose sehen ließ und die Ärmel halb über die Unterarme hochzog. Der mittlere Knopf seiner Jacke meist zugeknöpft stand er in seinen hohen Schnürstiefeln und wartete auf die Kinder. Wenn er Michel allein traf, versuchte er mit ihm zu sprechen, dahinterzukommen was er empfand, wie er die Welt sah. Aber nie ist es ihm gelungen an der Welt des Einfältigen teilzuhaben.

Der Wunsch in die Welt der Einfältigen und Verwirrten einzudringen hatte ihn nie wieder losgelassen. Auch diese Welt schien eine reale Sicht zu haben. Sicher war sie anders als seine Welt, aber was war schon normal, was war die richtige Sicht der Dinge? In seiner Erinnerung tauchte kurz die faszinierende Figur des Einfältigen aus Boris Godunow auf, die ihn in späteren Jahren nicht mehr los ließ. Immer Michel im Hinterkopf versuchte er mit einem Illustrations-Zyklus in acht Bildern doch noch hinter die geheimnisvolle Gefühls-welt dieses armen Jünglings zu kommen. Einfalt und Wahnsinn, zwei Extreme, die doch in Reichweite zueinander liegen, beschäftigten ihn und spiegelten sich in seiner späteren künstlerischen Arbeit wieder. Auch die Freude an der Clownerie, eine Welt zwischen normal und einem anderen Sein, faszinierten ihn. Erst im hohen Alter schaffte er es als Clown aufzutreten. Hinter der roten Nase war er frei und akzeptiert von den Zuschauern. Alles war richtig, niemand störte es, wenn er anders war. Er hatte doch eine rote Nase. Und immer wieder stellte er sich die Frage, warum jemand eine rote Nase benötigt, um anders sein zu können?

Da war aber auch noch ein anderer Philip, auch ein Verwirrter, im „Radlerdreß". Er schob ein altes, teils rostiges Rennrad und erzählte jedes Mal von der Tour de France, die er vorzeitig verlassen hatte, weil er so gut in der Zeit lag und es sich leisten konnte den Jungs hier in der Straße einen Besuch abzustatten. Am nächsten Tag wollte er dann wieder in die noch laufende Tour einsteigen und zu Ende fahren. Mehr gab er nie von sich und verschwand dann für Wochen von der Bildfläche, um mit der gleichen Geschichte in einem anderen Trikot wieder aufzutauchen.

Die täglichen Ereignisse waren der Mittelpunkt seines Lebens. Nach dem Ende des Kriegs hatten sich die Amis in einem Café auf der Hauptstraße eingenistet und zeigten mit Leuchtreklame und grell schreienden Lichtern wie farbenfroh Amerika war. Bald verkehrten nur noch schwarze Armeeangehörige in diesem Nacht-Club und demonstrierten die importierte Rassentrennung aus den Staaten. Trotz ständiger MP-Präsenz durch großgewachsene schwarze, strengaussehende und mit viel Lametta behängten Soldaten, die mit Papphelmen, blitzenden Handschellen, langen, braunen Holzknüppeln und Pistolen an weißen Kordeln bewaffnet für Ordnung sorgen sollten, gab es abends ständig Ausschreitungen. Der Grund waren gewisse superoxydgefärbte Animier- und Tanzmädchen. Die Leiche einer dieser Damen hinter dem Eisschrank im Biergarten an der Ecke seiner Straße war das Aus für den besagten Nachtclub.

Nürnberg 1945 – Blick von der Pegnitz Richtung Hauptmarkt und Frauenkirche.
Foto: BR-online

66

V

Dann rückte der ersehnte Tag der angekündigten Währungsreform näher. Angst, Unsicherheit und Hoffnung begleiteten diesen Tag von der ersten Stunde an. Mit viel Aufregung erwartete die immer noch eingeschüchterte, arme Bevölkerung den Neubeginn. Knisternde Spannung herrschte überall. Wie würde es danach sein? Konnte man noch etwas vom heutigen Besitz hinüber retten in die neue Zeit? Alles sollte besser werden, so hatte die amtierende Regierung es versprochen. Selbst die lokalen Zeitungen waren voll mit Lobpreisungen. Wie sollte das neue Geld aussehen. Die Menschen kannten nur die alte Reichsmark, die es nach der Inflation 1919-1923 gab. Zum Ende der Inflation soll ein Dollar 4,2 Bill. Mark wert gewesen sein. Was würde die neue „Deutsche Mark" wert sein? Die Spekulationen überschlugen sich.

Geschockt von der Vergangenheit hatte die ältere Generation Sorge, wie sich eine Währungsreform auszahlt. Was kann die nahe und ferne Zukunft bringen? Alle waren unsicher. Wie stark sollte abgewertet werden? Es war keine Frage der Neugierde, es war die alles umfassende Frage, wie viel an Wert wieder verloren ging. Drei Jahre nach Kriegsende sollten alle nochmals abgeben von dem was sie noch hatten? Waren es während des Kriegs Hab und Gut das sie verloren, waren es nun die Werte, die eisern ersparten Notgroschen und die auf Zukunft orientierten Versicherungen, die ebenfalls der Abwertung zum Opfer fielen. War das Volk denn immer am Verlieren? Und was wurde propagiert? Verlieren um aufzubauen? Sie hatten doch nach dem Krieg alle Kraft zusammengenommen, um neu angefangen. Warum sollten sie nun nochmals neu anfangen? Das Glück schaute nicht aus den Augen der Menschen, die es betraf und die nun sehr skeptisch zur Abholung ihres Kopfgeldes unterwegs waren. Und es betraf alle. Kein Bürger war ausgenommen. Ob reich oder arm.

Am Sonntag den 21. Juni 1948 war es soweit. Pro Kopf gab es vierzig „Deutsche Mark" als „Kopfgeld". Eine Bezeichnung wie bei den Wilden, den Kopfjägern, die als Trophäe den Kopf über der Haustüre drapierten um sich die Kraft des Gegners einzuverleiben. Wir hatten den Weltkrieg verloren, aber war der Begriff allein nicht auch eine Trophäe für die Sieger? Wurden wir nach der Niederlage nur noch nach Köpfen gezählt und bewertet? Alle die es betraf empfanden es als Demütigung. Warum mußten sie neben den überstandenen Verlusten von Hab und Gut, auch noch die Demütigung einer neuen Währung hinnehmen? Hätte eine Abwertung nicht gereicht? Es hatte aber gereicht noch mehr Unsicherheit aufkommen zu lassen. Die Sieger wollten die üble Vergangenheit auslöschen, neue Menschen gestalten und die alten Erinnerung an das Gewesene begraben. Ein neuer „way of life" sollte etabliert werden. Erst später erkannten die Betroffenen, das wirklich ein Plan dahinter steckte mit dem Namen „Morgenthau". Ein Plan der nicht neu war. Schon die Spanier brachten es fertig hochstehende Kulturen und Wirtschaftssysteme in Mexiko und Peru zu vernichten. Die Latiner machten dies mit den Etruskern und auch die Römer waren nicht zimperlich bei ihren Feldzügen in Ägypten und Germanien. Es war nichts Neues, es zeigte nur, wie sich die Geschichte wiederholte.

Ein paar bunte Scheinchen für jeden, die in ihrer poppigen Art auf einfachstes Papier gedruckt sehr wertlos erschienen. Was sollte man damit machen? Vierzig Mark. Abgewertet wurde 1:10. Diese paar Scheine sollten zehnmal so viel wert sein? Selbst wenn jemand zehnmal soviel in der Hand hatte, es war nichts zu bekommen – es gab nichts. Viele gingen, nachdem sie ihren Ausweis vorgelegt hatten, mit ihrem neuen bunten Papiergeld in der Tasche, enttäuscht und ratlos nach Hause. Viele kamen sich vor wie im Kaufladen ihrer Kinder. Vierzig Deutsche Mark aufgeteilt in 20, 10, 5 und 1 Mark, den Rest gab es in blauen 10 und grünen 5 Pfennigscheinen. Sofort war es als billiges Spielgeld klassifiziert und an allen Straßenecken, vor jeder Haustüre standen die Leute und redeten aufgeregt auf einander ein. Was sollte man damit kaufen können? War das überhaupt Geld, das billige Papier? Am Nachmittag regnete es leicht und selbst das schlechte Wetter paßte zu der Stimmung des Tages. Viele dieser Menschen waren sich nicht im Klaren, wie viel sie an diesem Tag verlieren sollten. Alle Einlagen, Versicherungen und Wertpapiere waren mit einem Schlag nur noch ein Zehntel wert. Selbst das sicherste Papier, wie Goldpfandbriefe, fiel unter den Hammer.

Was war mit den Lebensmittelmarken? Sie sollten ab Montag nach der Kopfgeldausgabe nicht mehr gelten. Unvorstellbar. Vor allem für die Kinder, die nichts anderes kannten, war es unvorstellbar. Alles sollte nur für Geld zu kaufen sein. Ungläubig sah er seinen Vater an, der von guten Zeiten redete, wo ohne behördliche Zuteilung, ohne zugeteilte und aufgerufene Markenabschnitte alles zu kaufen war, vorausgesetzt der Kunde hatte das nötige Kapital. Er versuchte krampfhaft zu begreifen, daß nun Geld alles sein sollte was der Mensch benötigte. Bis jetzt war es für ihn nur ein unbedeutendes Zahlungsmittel, das seinen offiziellen Wirkungsgrad nur mit amtlichen Berechtigungsscheinen entfaltete. Zusammen mit einer kleinen Marke aus der monatlichen Lebensmittelkarte entstand für ihn der eigentliche Wert der „Reichsmark". Für Kleidung oder Schuhe benötigte jedermann zusätzlich einen vom Amt ausgestellten Bezugschein, der von der zuständigen Kartenstelle erteilt und mit dem Amtsstempel besiegelt sein mußte. Sonst nutzten noch so viele Geldscheine wenig.

Er erinnerte sich an ein prägendes Erlebnis. Seine Mutter hatte ihn zur örtlichen Kartenstelle geschickte, da es Bezugsscheine für Schuhe gab.

Die Kartenstelle in einem Nebengebäude der Schule, war nur über eine zweiseitige Treppe mit schwarzem Eisengitter erreichbar. Unten vor der Treppe standen etwa dreißig bis vierzig Erwachsene. Sie standen schon lange. Die Türe oben war verschlossen. Niemand konnte in die Kartenstelle. Als Kleinster stand er ganz hinten. Was sollte er machen? Er war der Letzte, der gekommen war. Dann wurde die Türe aufgeschlossen, eine mittelblonde kleine Frau mit dunkler Brille trat heraus. In der linken Hand zeigte sie stolz einige weiße Zettel. Sie stand oben auf dem Treppenabsatz, sah wie ein Führer auf das Volk, nahm einige Zettel und schleuderte sie mit der rechten Hand über die zahlreichen Köpfe ihrer schreienden Untertanen. Die Leute stürzten sich auf die weißen, langsamen Segler und rissen sich fast die Kleider vom Leibe. Was sollte er gegen eine solche gierige Übermacht der großen Leute tun? Auch der zweite Wurf war für ihn nicht erreichbar. Die gönnerhafte Angestellte lächelte noch einmal, drehte sich um, verschwand und verschloß wieder die Eingangstür. Es war vorbei.

Wie sollte er es seiner Mutter beibringen? Schuhe hätte er gebraucht, aber dazu fehlte nun einmal der notwendige Bezugschein. Niemand wußte, wann es wieder diese begehrten Scheine regnen würde. Niedergeschlagen mit etwas Angst und einem unguten Gefühl im Gepäck ging er sehr, sehr langsam nach Hause. Seine Mutter war entsetzt.

„Du brauchst dringend Schuhe für den Winter," war ihre Antwort. Am nächsten Tag war die Kartenstelle für eine allgemeine Sprechzeit von zwei Stunden geöffnet. Mit alter Kleidung und kaputten Schuhen machte er sich auf den Weg. Es war sein Auftritt. Angewiesen von seiner Mutter hatte er gelernt lange Gedichte bei familiären und öffentlichen Feiern vorzutragen und konnte nun seine schauspielerischen Fähigkeiten unter Beweis stellen.

Auf dem Amt war es ruhig. Im Zimmer für Bezugscheine saß diese huldreiche Person der großzügigen Verteilung. Das Spiel begann. Höflich fragte er sie nach einem Schein für seine Schuhe. Sie sagte ihm, daß es gestern welche gab, aber sie keine mehr hätte. Lang und breit schilderte er ihr, wie sich die anstehenden Erwachsenen am Vortage um die Scheine schlugen und ihn nicht hatten herankommen lassen. Warum seine Mutter nicht gekommen war, wollte sie wissen. Dann erzählte er ihr die Leidensgeschichte, der kranken, bettlägerigen Mutter und daß er gegen so viele große, starke, gierige Erwachsene am Vortag keine Chance hatte. Nun habe er auch hier kein Glück, hatte er leise hinzugefügt. Mit gesenktem Kopf ging er theatralisch zur Tür. Das überstand die kleine, huldselige, zur Macht aufgestiegene Angestellte nicht. Sie öffnete ihren Schreibtisch nahm einen Schein, haute ihren runden Amtstempel auf das weiße, jungfräuliche Formular, kritzelte ihre Unterschrift darauf, reichte ihm den Schein und lächelte. Er bedankte sich artig, auch für die guten Wünsche, die seiner Mutter galten, und verließ siegesbewußt das Amt.

Diese Zeit sollte nun vorbei sein? Das war schwer zu verstehen. Man nächsten Morgen, er traute seinen eigenen Augen nicht. Alle umliegenden Geschäfte, die noch am Samstag leer waren, am Sonntag ihre Schaufenster verhängt hatten, quollen über mit Waren und tollen Angeboten. Nie in seinem Leben gab es solche Wunder. Wo kamen so unverhofft die Waren her, wo waren sie versteckt? Er hatte es nie erfahren. Aus dem Stand war er ins sagenumwobene Schlaraffenland geraten. Der Wohlstand war ausgebrochen. Das war die Wende, für ihn das echte Ende des Krieges, wenn auch nur mit vierzig Mark „Kopfgeld."
Der Tag des Aufschwungs und das Ende des Elends in deutschen Landen waren gekommen. Der amerikanische Marshallplan machte es möglich. Die Siegermächte hatten begriffen, daß ein totes Deutschland, wie es Mr. Morgentau geplant hatte, auch nicht in ihrem Sinne sein konnte.

(Henry Morgenthau jr. (*1891) war von 1934-1945 USA-Staatssekretär für das Schatzamt, entwickelte einen Plan zur endgültigen Niederhaltung Deutschlands, das territorial stark reduziert, bis zur praktischen Zerstückelung föderalisiert und durch radikale Demontage seiner Industrie, Zerstörung der Bergwerke usw. in einen Agrarstaat verwandelt werden sollte. Außerdem war die Internationalisierung des Ruhrgebiets, eine dauernde Entmilitarisierung und Zwangsarbeit für Millionen Deutscher in anderen Ländern vorgesehen. Der von Roosevelt gebilligte Plan wurde Ende 1944 unter dem Einfluß der Staatssekretäre Hull und Stimson sowie Englands gemildert und nach und nach aufgegeben.) So stand es in der Jubiläumsausgabe des Bertelsmann Lexikon Band 3 von 1964.

Zum Dank für die wirtschaftliche Hilfe mußte im Schulunterricht der Hilfsplan der Alliierten durchgenommen und als geschichtliche Wende gelernt werden. Selbst in der Zeichen- und Malstunde stand das Thema der Hilfe auf dem Stundenplan und das ganze Schulhaus wurde mit den farbigen Ergüssen aus Kinderhand dekoriert. Regelmäßige Schulausflüge in die ständige Ausstellung über den Marshallplan gehörten nun zur Ausbildung. Selbst in den anstehenden Klassenarbeiten mußte jeder Schüler den Aufbau des Plans beschreiben können. Es gab eben nichts umsonst. Der Plan von Morgenthau wurde dabei nie erwähnt, auch nicht, daß der jüdische Staatssekretär vielleicht ein persönliches Interesse daran hatte Deutschland von der Landkarte zu streichen.

Es war wieder Frühling in jeder Hinsicht. Beim Bäcker konnte er morgens für vier Pfennige weiße Brötchen kaufen. Brötchen aus Weizenmehl, nicht wie bisher nur dunkle Roggenbrötchen. Und darauf Butter und Marmelade oder Honig schmieren, es war das Paradies pur für ihn, obwohl er selbst im Krieg, durch die Hilfe vom Land, keinen Mangel kannte. Immer hatte er genug zu essen, litt nie Hunger wie andere Kinder und war dennoch unterernährt, wie ihm der Arzt bescheinigte und Sonderrationen verschrieb. Er war immer ein schmächtiger Junge, der nie gerne aß. Trotzdem die neue Welt war etwas anderes.

Selbst in der vielschichtigen Bevölkerung machte sich die Wende bemerkbar. Viele wagten den Schritt in die neue Zeit und die ersten Kriminellen machten Schlagzeilen. Schieber und Schwarzhändler hatten sich sofort umgestellt und die neue Zeit genutzt ihre vorhandenen Felle nicht wegschwimmen zu lassen. Die Sieger bemühten sich die zahlreichen Besiegten in neu eingerichteten Spruchkammern abzuurteilen, zu entnazifizieren. Damit sollten die wahren Schuldigen am zweiten Weltkrieg gefunden werden. In der übrigen Bevölkerung berührte es niemanden mehr. Alle wollten so schnell wie möglich die schlimme Vergangenheit vergessen. Es wurde hingenommen, wie sie in den letzten Jahren so viel hinnehmen mußten.

Schneller als gedacht war die neue Adventszeit angebrochen. Was während des Krieges nicht möglich war, allein schon aus Gründen der verordneten Verdunkelung, sollte nun wieder neu entstehen, der hellerleuchtete „Nürnberger Christkindlesmarkt". Obwohl die Altstadt völlig zerstört und unter Trümmern begraben lag, sollte der Markt zur Weihnachtszeit ein Ausdruck neuer Hoffnung sein und den Bürgern wieder Mut geben mit den noch vorhandenen Steinen einen Neubeginn zu wagen.

Nie hatte er einen solchen Markt oder etwas Ähnliches gesehen. Schon am Nachmittag machte sich die Klasse zusammen mit dem Lehrer auf den Weg. Die Stadt lag noch in Trümmern, weder Autos noch Straßenbahnen fuhren. Auf einem schmalen Trampelpfad über und durch graue Ruinen ging es direkt zum Hauptmarkt an der Pegnitz. Das Christkind sollte dem Markt eröffnen. Das wollten sie sehen. Auf dem spärlich beleuchteten Hauptmarkt waren Buden aufgebaut. Dicke Stricke versperrten die engen Wege. Der Weihnachtsmarkt selbst war dunkel und lag wie ein schwarzer Molch in der Mitte des historischen Marktplatzes. Es war dunkel in der berühmten Budenstadt. Alle Schaulustigen waren um den weihnachtlichen Markt versammelt. Es hatte sich herumgesprochen, daß das Christkind auf der Empore der beschädigten und notdürftig hergerichteten Frauenkirche erscheinen sollte. Die Kirche zeigte ihre provisorisch ausgebesserten Schrammen aus dem Krieg. Die Häuser ringsum waren Schutt, selbst das alte Rathaus lag in Trümmern. Nur der „Schöne Brunnen" strahlte, dank seiner steinernen Schutzhülle während der Luftangriffe, im alten Glanz und schmückte den noch dunklen von Ruinen umgebenen Weihnachtsmarkt.

Mit seinen Freunden hatte er sich in eine größere Fensternische im ersten Stock einer stehengebliebenen noch auf den Abriß wartende Hausfassade direkt gegenüber der Frauenkirche gesetzt. Es war nicht schwer hochzukommen, denn hinten lag der Schutt in gleicher Höhe. Ein guter Platz, aber sie mußten warten. Der bedeckte Himmel sorgte schnell für die entsprechende Dunkelheit. Dunkel auch in der Stadt rings um den Markt. Alle Lichter, auch intakte Laternen waren gelöscht. Vor ihnen lag schemenhaft die dunkle Budenstadt, die Frauenkirchen gegenüber und selbst den „Schönen Brunnen" auf der linken Seite konnten sie nur noch schemenhaft erkennen.
An den Ruinen des Rathauses und an der links gegenüberliegenden, stark beschädigten Sebalduskirche vorbei hatten sie den Blick frei zur Burg. Noris, die Burg, hob sich in der aufkommenden Dämmerung nur noch als leichter Schattenriß vom dunklen Himmel ab. Wie auf ein Kommando wurden hundert und aber hundert selbstgebastelte Laternen von Kindern entzündet. Vom Markt den ganzen Burgberg hinauf, auf der Burg, der Burgfreiung und auf dem Sinwellturm standen in dichten Reihen Schulkinder mit ihren brennenden, hellgelb leuchtenden Laternen. Sie brachten das Licht und gaben Licht und erleuchteten ihre in völlige Finsternis getauchte und gefallene Stadt. Schulchöre stimmen Weihnachtslieder an, dann spielten die Bläser, die Empore erstrahlte und da stand es,

das Christkind. Die Arme erhoben sprach das Christkind zu den Kindern der Stadt, die noch nie diesen Augenblick erlebt hatten. Zu den Kindern, denen in diesem Augenblick die Burg, der Markt und die Trümmer dieser Stadt gehörten. Und sie hörten was das Christkind sagte:

Ihr Herrn und Frau'n, die Ihr einst Kinder wart,
Ihr Kleinen, am Beginn der Lebensfahrt,
Hört alle zu, was Euch das Christkind sagt!
Ersteht auf diesem Platz, der Ahn hat´s schon gekannt,
Was Ihr hier seht, Christkindlesmarkt genannt.
Dies Städtlein in der Stadt, aus Holz und Tuch gemacht,
So flüchtig, wie es scheint, in seiner kurzen Pracht,
Ist doch von Ewigkeit. Mein Markt bleibt immer jung,
Solang es Nürnberg gibt und die Erinnerung.
Denn alt und jung zugleich ist Nürnbergs Angesicht,
Das viele Züge trägt. Ihr zählt sie alle nicht!
Doch leuchtet der Markt im Licht weit und breit,
Schmuck, Kugeln und selige Weihnachtszeit,
Dann vergeßt nicht, Ihr Herrn und Frau´n und bedenkt,
Wer alles schon hat, der braucht nichts geschenkt.
Die Kinder der Welt und die armen Leut',
Die wissen am besten, was Schenken bedeut´t.
Ihr Herrn und Frau´n, die Ihr einst Kinder wart,
Seid es heut´ wieder, freut Euch in ihrer Art.
Das Christkind lädt zu seinem Markte ein,
Und wer da kommt, der soll willkommen sein.

Mit den letzten Worten des Christkinds gingen mit einem Schlag alle Lichter des Weihnachtsmarktes und der umlie-

genden Straßen an. Es roch nach Bratwürsten und Süßigkeiten, es glitzerte und blinkte. Geld hatten sie keins, kaufen konnten sie nichts, aber es war ein einmaliges Erlebnis.
Wie hatte das Christkind gesagt? „Die Kinder der Welt
und die armen Leut', die wissen am besten, was Schenken
bedeut´t." Und sie waren alle arm, alle die auf dem Platz
standen und sie begriffen was es bedeutete den Markt als
Geschenk zu erhalten.

„Nürnberger
Christkindlesmarkt"
einige Jahre nach
dem Zweiten
Weltkrieg.
Foto: BR-online

Er drückte sich tiefer in die Kissen. Seine Augen wurden feucht.
Er wollte nicht sentimental sein. Aber die Erinnerung an diese bewe-
genden Augenblicke holten alles Elend der damaligen Zeit zurück.
Auch das tiefe Glücksgefühl und die Dankbarkeit überlebt zu ha-
ben und die große Hoffnung, die sich in diesem althergebrachten Ze-
remoniell widerspiegelte, bewegten ihn. Wenigen Menschen in seinem
Leben hatte er von diesen tief empfunden Erlebnissen erzählt, denn
wer konnte mit ihm fühlen? Wer dies nicht erlebt hatte, fand die Er-
zählung sicher nicht berühmt, selbst wenn es für ihn eine Schlüssel-
stelle in seinem Leben war, die alljährlich aufbrach, wenn im Fernse-

hen das Christkind zu seinem Markte lud. Heute Attraktion für den Tourismus, damals ein Vermächtnis.

Es gab in der damaligen Zeit, beim ersten Weihnachtsmarkt nach dem Krieg, keine Fremden bei der Eröffnung, es war ihr Markt und ihr Christkind, das selbst in den Trümmern zu ihnen herunter gestiegen war. Nicht der Krieg und die Angst, nein, die Auferstehung war das, was ihm positiv in Erinnerung blieb. Es war der erste Markt nach dem Krieg. Es war ein Markt für die Kinder dieser Stadt. Für die Bürger in ihren Trümmern und ein Vermächtnis aus alten Tagen. Die Stadt des Christkinds war wieder erwacht.

Er atmete schwer. Was war in seinem Leben alles geschehen und dabei war er erst am Anfang seiner Jugend. Noch immer konnte er keinen Schlaf finden, obwohl ihn die Zeitreise erschöpft hatte. Abbrechen konnte er auch nicht, er hatte noch nicht einmal sein halbes Leben überdacht. Selbst wenn er nicht alle Bildfetzen von kleinen, unbedeutenden Begebenheiten in die Handlung einreihen konnte, so fügten sich seine bisherigen Erinnerungen doch zu einem geschlossenen Bild. Noch standen Krieg und Trümmer im Mittelpunkt seines jungen Lebens.

Der Wiederaufbau nach dem Krieg schritt zügig voran. Viele Betriebe bekamen neue Maschinen und produzierten auf hohem Niveau. Der Mann auf der Straße verdiente wieder Geld mit dem etwas zu kaufen war. Die Händler waren nicht mehr auf den schwarzen Markt fixiert und froh, wenn sie bunte D-Mark-Scheine in die Hand bekamen. Die neue Zeit machte seine alte Skihose aus gefärbten Soldatendecken überflüssig. Auf dem Weihnachtstisch lag eine moderne Keilhose, der letzte Modeschrei. Dazu Skistiefeln mit weißen Schnürriemen, die bei den Junges hoch im Kurs standen. Wöchentlich wurden sie in scharfer Seifenlauge ausgekocht, um strahlend weiß den eleganten Auftritt des stolzen Trägers gerecht zu werden.

Aber nicht nur das äußere Erscheinungsbild wurde gepflegt, auch die Zukunft mußte geplant werden. Herangewachsen zum Jugendlichen war zu überlegen, wie es nach der Schule weitergehen sollte. Ei-

gentlich wollte er Koch werden, Schiffskoch, denn die Sehnsucht in die Welt hinauszufahren wurde in den schulischen Geographiestunden geweckt. Wie sollte es jedoch gelingen mittellos solche Reisen zu finanzieren. Als Schiffskoch bot sich, nach seinem Verständnis, die Möglichkeit andere Länder ohne eigenen Kostenaufwand betreten zu können. Kochen konnte er, denn seine Mutter lag in dieser Zeit oft mit schweren Krankheiten zu Bett. Als Einzelkind traf ihn in solchen Situationen die ganze Wucht der Familienversorgung. Nicht nur der Einkauf, den er sicher beherrschte, auch das Zubereiten der Lebensmittel wurde von ihm verlangt. Vom Ehrgeiz gepackt präsentierte er seinem Vater am Sonntag sogar einen Schweinebraten mit Klößen und einen Hefekuchen zum Kaffee. Mit diesen Grundkenntnissen bekam er durch Beziehungen seines Vaters eine Lehrstelle als Koch im Grandhotel zu Nürnberg. Nun war es keine Frage mehr, wann er in Indien, in Afrika, Amerika und Neuguinea an Land gehen konnte. In wenigen Jahren war es sicher geschafft. Eine andere Möglichkeit in die weite Welt zu kommen, eröffnete sich für ihn nicht.

Gesundheitlich ging es ihm in dieser Zeit nicht so gut. Durch die Pubertät angeschlagen, kränkelte er von Zeit zu Zeit und sein Lehrer, ein Künstler, empfahl seinen Eltern, sein Zeichentalent zu fördern. Wieder waren es alte Beziehungen und Freundschaften seines Vaters, die ihren Ursprung am Holzplatz hatten, durch die er eine Ausbildung als Chemiegraph bekam.

Seinem Lehrer, den er heute noch verehrte, hatte er nicht nur seinen späteren Beruf zu verdanken, nein, auch die große Liebe zur klassischen Musik und zur modernen Malerei waren das Verdienst dieses Mannes. Gerne nahm Franz Gary in der Freizeit seine interessierten Schüler mit zu Veranstaltungen. So lernte er Gabriele Münter kennen, die Lebensgefährtin von Wassily Kandinsky, die nach dem Tod von Kandinsky mit dessen Bildern Ausstellungen in Deutschland organisierte. Kandinsky war zu dieser Zeit noch umstritten und so stellte sich Gabriele Münter in abendlichen Diskussionen den ansäs-

sigen Künstlern, um über die Bilder ihres einstigen Lebensgefährten zu sprechen. Hier erlebte er die erste harte Auseinandersetzung unter Künstlern, die selbstbewußt ihre Auffassung kundtaten und sich nicht scheuten alles andere in Frage zu stellen und abzuwerten. Bewundernswert stellte sich diese hervorragende Künstlerin allein gegen die beißende Meute. Verteidigte mit viel Leidenschaft die überdimensionalen Werke von Wassily Kandinsky. Noch heute sah er die drei großen Flächen, Rot, Blau, und Gelb, verbunden mit einem schwarzen Bogen. War das Kunst? Bis heute suchte er nach einer Erklärung. Warum sollten sich Rot und Blau bedrohen? Warum konnte Schwarz die Spannungen ausgleichen? Die Gegner verbinden? Sollte Kunst nicht Gefühle in Mittel umsetzen? Was war Kunst wirklich? Für manche war das wahre Leben schon Kunst. Vielleicht die größte Kunst sogar? Nie würde er verstehen warum ein alter Holzschlitten mit einem unförmigen Klumpen Talk Kunst sein sollte? War denn alles Kunst, wenn man es so bezeichnete? Oder war Kunst ein Weg zur Kommunikation zwischen Künstler und Betrachter? Warum ist es nicht mehr zeitgemäß klassische Malerei auf der Hochschule zu lernen? Darüber nachzudenken war vergebene Liebesmüh, vor allem wenn man eine eigene Meinung vertrat und nicht offen sogenannten Installationen gegenüber stand.

Er schloß die Augen und versuchte sich an die letzten Bilder zu erinnern, Bilder seines Lebens, die es wert waren nochmals betrachtet zu werden.

In der Zeit nach dem Krieg, nach der Währungsreform, benötigten viele Schüler eine Lehrstelle. Hätte sein Vater nicht einen Freund gehabt, einen Lithographen, der dienstverpflichtet in seiner Rüstungsfirma arbeiten mußte, Lithographen wurden im Krieg nicht gebraucht, hätte auch er diese Lehrstelle nicht bekommen. Herr Bammes machte sich stark beim Firmeninhaber und schaffte es bei reichlichem Angebot an Schülern mit künstlerischer Begabung, damals noch Voraussetzung in der grafischen Branche, die Lehrstelle für ihn zu bekommen. Die grafischen Techniken waren nach dem Krieg wie ein Phönix aus der Asche erstanden und arbeiteten mit fast vorsintflutlichen Geräten. Viel Handarbeit und gutes, fachliches Können waren notwendig. Die Farbfotografie war zwar erfunden, aber nicht soweit entwickelt, daß sie zur Reproduktion und zur Druckstockherstellung eingesetzt werden konnte.

Schwarz/weiße Fotos mußten retuschiert und koloriert werden, wollte der Kunde einen farbigen Katalog auf dem Markt präsentieren. Die erforderliche Entwicklung auf diesem Gebiet wurde durch den zweiten Weltkrieg angehalten. So lag die Technik zwischen Altertum und Moderne. Es waren Jahre, die mehr an Johannes Gutenberg und Alois Senefelder erinnerten, als an das 19. Jahrhundert.

Aber schon damals war es wie heute. Mit dem neuen Geld kam die neue Denke. Der amerikanische – Way of life – oder wie der Mann auf der Straße sich das Leben in der freien Welt vorstellte.

Er überlegte. An die schönen Stunden wollte er sich erinnern. An die Stunden des aufwärts strebenden Wirtschaftswunderlandes. Alles wälzte sich im Wohlstand und im immerwährenden Aufschwung. Die schrecklichen Kriegsereignisse hatten alle hinter sich gelassen. Erste Neubauwohnungen waren fertiggestellt und gutverdienende konnten sich die Wuchermieten von einhundertvierzig D-Mark monatlich für eine Dreizimmerwohnung leisten, beneidet vom Rest der Welt. Seine Eltern zahlten noch dreiundzwanzig, erst Reichsmark, dann D-Mark für eine Dreizimmerwohnung.

Durch das Fenster drangen einige Laute, Akkorde, eine kleine Melodie. Musik – sie hatte seine Lehrjahre so wertvoll gemacht.

Über die Schulplatzmiete wurde allen Schülern in den oberen Klassen und in den Berufsschulen einmal monatlich eine verbilligte Theaterkarte für eine Mark und zehn Pfennige angeboten, um ihnen den Besuch der Oper oder des Schauspiels zu ermöglichen. Das Lessing-Theater und die städtische Oper führten nach dem Krieg mit dieser aufwendigen Aktion viele Jugendliche wieder an das traditionelle Kulturleben der Stadt heran. Nicht nur für die oberen Klassen der Schulen, auch für interessierte städtische Angestellte, sein Vater hatte die Industrie verlassen, gab es kostengünstige Karten für die Theaterbühnen. Ein Freud, Junggeselle und Theaterliebhaber hatte sich als Theatervertrauensmann engagiert und bekam für viele Aufführungen und zur Weiterbildung Freikarten. Wie oft kam sein Vater abends nach Hause mit der frohen Botschaft in zwei Stunden sollte er an der Oper auf Ludwig, den Freund seines Vaters warten. Eile war angesagt. Schnell stürzte er das Abendessen hinunter, putzte sich heraus und verschwand in die große Welt der Musik. Ob im Olymp oder im Parkett war egal. Die Oper war seine Welt geworden. Eine Welt der Flucht, des Vergessens und der Erfüllung. Es kam vor, daß er dreimal, sogar viermal in der Woche in der Oper sein konnte. Hatte Ludwig keine Zeit, wurde es eng. Schnell suchte er, Heinz Kirchhoff, einen alten Schulfreund auf, über ein Telefon verfügte keiner von ihnen, gab ihm eine seiner Freikarte und im Dauerlauf oft nur halb angezogen ging es zu Fuß in die Oper. Nicht selten wurde der Schlips auf dem Weg oder erst im Opernhaus umgebunden. In der Klasse saß Heinz einst vor ihm, ein guter Schüler vor allem in Mathematik und immer ein verlässiger Partner. Private Freunde waren sie nie geworden. Nur in der Welt der Musik waren sie unzertrennlich. Aus Liebe zur Oper konnte er Heinz immer mobilisieren, wenn sein Vater unverhofft mit zwei Freikarten nach Hause kam.

Was hatte er nicht alles gesehen? Es waren Sternstunden. Aida, Tosca, den Don Giovanni, Figaros Hochzeit, Barbier von Sevilla, Entführung aus dem Serail, Boris Godunow, Cadillac, Mathias der Maler, Mignon, Die Zaubergeige, Boheme, Hoffmanns Erzählungen, Eugen Onegin, Madam Butterfly, Tobias Wunderlich, Fidelio, Carmen, Margarete, Wilhelm Meister, Turandot, Zar und Zimmermann, Undine, Cavalleria rusticana und Bajazzo, Maskenball, Hänsel und Gretel, La Traviata und Rigoletto – und vor allem „Die Meistersinger von Nürnberg".

Es war seine Oper, sein Musikdrama, ein Singspiel, das am deutlichsten seine Welt reproduzierte. Es hatte sich bis in seine Zeit nichts verändert im Nürnberger Alltag. Noch immer gab es Zünfte, sie nannten sich „Sparten" und hatten dieselbe Macht, wie die Zünfte von einst. In diesen Stück fühlte er sich zu Hause. Er fühlte sich verstanden, war mit ganzer Seele der Lehrbub David. Ab der Tanzstunde, etwas älter, fühlte er sich durch den jungen, dynamischen Ritter mehr vertreten. Er war verliebt wie dieser Ritter und lebte in der Stadt, in der dieser auch sein reizendes Abenteuer hatte. Beflügelt von der aufpeitschenden Musik, trugen ihn nach der Vorstellung seine Füße leichten Schrittes durch die Nacht nach Hause. Wie ein Held kam er so Abend für Abend aus der Oper und sah sich durch Walter von Stolzing in seiner Welt bestätigt. Wie ein Ritter wollte er sich auch im Alltag bewähren. Vorsätze von edelster Gesinnung. Aber meist nur Vorsätze, die sich in den darauf folgenden Tagen verflüchtigten. Dennoch prägte die Begegnung mit der bildenden Kunst und der Musik sowie der Literatur in Prosa und Lyrik sein Leben und seine Einstellung.

Das höchste für ihn war, daß Ludwig ihn mit in die Weiterbildung der Theatervertrauensleute nahm. Professoren des städtischen Konservatoriums nahmen in einem wochenlangen Lehrgang „Die Meistersinger" durch. Der Text, eine wunderbare Lyrik. Der Musikprofessor machte sie auf Feinheiten im Text aufmerksam und er spielte ihnen die dazugehörenden Melodien und Motive vor. „Es sollten passen Wort und Ton", so wie es Sachs dem Beckmesser erklärte. Das Walter-, Flieder-, Wahn- und Meistersinger-Motiv. Es waren Stunden der höchsten Seligkeit für ihn. Von Stunde an hörte er mehr in der Musik. Erkannte die einzelnen Motive und hörte, wenn Walter von Stolzing gleich seinen Auftritt hatte. Nun kannte er die Verdrehungen in den Texten des Preisliedes, wenn es Beckmesser verunstaltete. Er wartete auf den letzten Ton der Ouvertüre mit dem gleichdarauf der Choral im ersten Aufzug begann. Herrlich die großen Szenen von Hans Sachs, den er auch wegen seiner Schwänke als Dichter verehrte. In der Oper hörte er den Schuster philosophieren. Dann die Monologe von Veit Pogner dem Goldschmied und von Hans Sachs im zweiten, dritten und vierten Aufzug. Die Prügelszenen mit ihrer Rhythmik, die heiteren Tänze und die bunten, festlichen Aufmärsche. Getragen von der Musik, versunken in Wort und Ton, strebte er aufwärts wie ein Adler im Aufwind schwebte in den Wolken der musischen Sphären.

Gegen die strengen Form des Zunftwesens stand die mutige Befreiung der Jugend mit den Worten: „Nein, nicht Meister, will ohne Meister glücklich sein." Hier spielte Jugend gegen Alter, Geist gegen Engstirnigkeit. Es wurde geprügelt und geliebt. Was waren da viereinhalb Stunden mit zwei Pausen sechs Stunden Oper und das, wenn möglich dreimal in der Woche? Ein Fest. Ein Taumel. Er lernte die Texte, wußte was kommen mußte und tauchte tief, ganz tief in die Historie ein. Kam er aus dem Opernhaus, leuchtete die Burg im hellen Scheinwerferlicht am Horizont. Er kam aus der Oper und stand mitten auf der Bühne der Stadt, nur fünfhundert Jahre später. Für ihn war Hans Sachs lebendig geworden, Walter von Stolzing gegenwärtig und die Bürgern der Stadt hatten ihn gerade stundenlang mit ihren Bann geschlagen. Die Bühne hatte seinen Blick für das Leben wachgerufen. Für das Leben in der Realität, das sich nicht stark von den Zwistigkeiten und Intrigen auf der Bühne unterschied. Nichts hatte sich geändert, die Menschen waren so geblieben, wie sie schon immer waren.

Was hatte er nicht alles auf den städtischen Bühnen gesehen. Große Sänger und Schauspieler, damals zum Teil noch unbekannt, erlebte er in ihren Glanzrollen. Er sah ein großes Repertoire der Musikgeschichte, Klassiker und mehr im Schauspiel. Am meisten beeindruckte ihn jedoch ein Stück von Paul Fechter. „Der Zauberer Gottes"
Das Stück spielte vor zweihundertfünfzig Jahren zu Zeiten Emanuel Kants, in Masuren. In der Hauptrolle ein echter Masure. Ein Mensch mit großer Seele. Es war ein Traumstück, das sich durch sein ganzes Leben ziehen sollte. Micha Pogorzelski, ein Lehrer, mit drei Frauen auf irgendeine Weise verbunden. Sie verkörperten das Wesen der Frau. Die jugendliche, platonische Geliebte Annuschka, Wuta ein Beerenweib, die Zauberin, die Waldhexe und Puttchen die Hausfrau. Micha Pogorzelski liebte Bach, er zauberte als beten nicht half, nur um Annuschka vor dem Einbrechen in den noch zugefrorenen See zu bewahren. Micha wollte Pfarrer werden, sein Traum, seine Bestimmung, sein Glaube. Wie jeder Mensch, hatte auch Micha Pogorzelski einen Widersacher, der es zu verhindern suchte, seine Berufung zu erreichen, da er ihn als Zauberer ent-

larvte. Micha Pogorzelski mit seinem vertracktem Deutsch, voll Gefühl, aber nicht für diese Welt geschaffen, wurde vor der Niederlage durch Pfarrer Naujoks vom Herrn abberufen. Micha Pogorzelski die ehrliche Seele, die lieber etwas Richtiges falsch sagte, als etwas Falsches richtig.

Bezeichnend für das Stück ist seine Grabrede, die er für den Freund und Gönner hielt. Und das Gedicht, das er ihm zum Abschied gemacht hatte.

Das Stück war für ihn symptomatisch für alle Beschwernisse, die ihm bisher begegneten. Er liebte Micha Pogorzelski und er identifizierte sich mit dieser Figur. Allein der Schluß des Grabgedichts spiegelt den Menschen Micha Pogorzelski wieder:

„......geschlossen ist das Auge tott,
Maul zu, was hat geredt von Gott.
So blüht im Garten Rosenstock,
Springt zu, frißt ab der Ziegenbock,
So fraß auch mitt' im Lebenslauf,
Der Tod den selgen Pfarrer auf.
Nun liegt er da auf Gottesacker,
Pfui Tod, du Racker!"

Es war nicht Fechter, für ihn sprach Pogorzelski persönlich, der mit Persönlichkeit und Leidenschaft sich und seine Landschaft verkörperte sowie seine Welt in der er lebte. Ein Mensch der frei war, ein Stück Natur, das zerbrach, als es in die Fesseln der Zivilisation gepreßt wurde, als der städtische Geist ihn erdrückte.

Was war das für eine Zeit. Der absoluten Höhepunkte seines jugendlichen Theaterlebens.

Den Holländer, den Tannhäuser und wie konnte es anders sein, auch die Meistersinger sah er in Bayreuth, in einer Wieland Wagner-Inszenierung. Damals noch mit deutscher Starbesetzung. Windgassen,

Greindel, Neidlinger, Schmitt-Walter und Martha Mödel. In den Nebenrollen des Kothners ein Dietrich Fischer-Dieskau und als Nachtwächter ein Hermann Prey. Das waren Sternstunden die es wert waren, sich daran zu erinnern. Was hatte sich seitdem alles geändert. Wer konnte heute noch „Am stillen Herd" singen und es empfinden? Heute plärrten sie „... wenn Burg und Hof mir eingeschneit" mit Schmalz und südländischem Akzent, aber nicht still und verklärt wie ein fränkischer Junker, der verträumt in seiner Burg sitzt und den ergriffenen Zuschauer hören läßt wie draußen der Schnee fällt. Und es heißt doch, soll passen Ton und Wort. Gerade in einem Musikdrama wie den Meistersingern, einem lyrischen Text von höchster Güte, der wie kein anderer in Musik gesetzt wurde. Er konnte bis heute nicht verstehen warum man den Ausspruch von Hans Sachs: „Ehrt eure deutschen Meister" sowie die Aussage in seiner Ansprache „...und welschen Dunst mit welschem Tand, sie pflanzen uns in deutsches Land" antisemitisch nannte. Hatte man ihnen auch den Stolz geraubt?

Oder war es, daß bei jedem Hitler-Besuch in Nürnberg die Meistersinger gespielt wurden? Was kümmerte es ihn. Er liebte dieses Stück Musikgeschichte seiner Vaterstadt. Niemals würde er verstehen, wie man Meistersinger wie in Frankfurt als Judenverfolgung, Beckmesser mit Judenstern spielen konnte. Das war nicht modern, das war dumm, einfallslos und der Hang des Regisseurs zur Profilsucht auf Kosten anderer. Mit allen Figuren hatte er sich identifiziert. Heute war er nur noch Sachs, der Alte.

Er drehte den Kopf nach links und wieder zurück. Schloß die Augen und kostete die Momente der Erinnerung aus. Warum konnte niemand nur die schönen Stunden speichern und die häßlichen, negativen einfach auf seiner Festplatte löschen? In dieser Zeit hatte er sich ganz der Kunst verschrieben. Besuchte die Klassen der Berufsoberschule, nahm Unterricht in Naturzeichnen, Studienkopf und Akt. Zwar hatte er noch nicht das Alter für Akt, aber mit Unterstützung eines Pro-

fessors erlaubte der Rektor ihn bereits mit sechzehn in die Aktklasse aufzunehmen.

„Sie können nicht zeichnen, aber sie haben eine Handschrift." Mit diesen Worten begrüßte Professor Weidenbacher ihn als neuen Schüler und so endete die erste Stunde im Aktsaal mit einer Enttäuschung. War er doch im Naturzeichnen gar nicht so schlecht und nun sollte er nicht zeichnen können? Das hatte ihm noch niemand gesagt. Und das auch noch ganz laut vor allen, wo er doch an sich und sein Können geglaubt hatte. Brach hier schon eine Welt zusammen, die noch nicht vorhanden war. Enttäuscht und erschüttert bis in die Grundmauern seines Selbstbewußtseins stand er wie nach einem unverhofften Erbeben vor den Trümmern seiner Burg. Sie war es, die ihm bis zu diesem Zeitpunkt Schutz geboten hatte. Aufgrund seiner Fähigkeit bekam er seine Lehrstelle und nun war das alles nichts. „Sie können nicht zeichnen ......". Was nütze ihm eine Handschrift? Er empfand wie ein Künstler und nun lobte man seine Handschrift? Was hatte er falsch gemacht? War er mit seinen Leistungen in die falsche Richtung gegangen?

Schon als Schüler hatte er eine ausgeschriebene Handschrift, wie sein Lehrer betonte, und nun auch in der Malerei? Er wußte nicht was gemeint war, das war auch egal. Er wollte malen, wollte Künstler werden. Aber sein Vater bestand darauf, daß er seinen Beruf abschließen sollte, um auch etwas Rechtes zu haben, womit man Geld verdienen konnte. Prof. Weidenbacher nahm sich im Aktsaal seiner an. Oft sprach er lange mit ihm, beschwor ihn seinen Beruf als Sicherheit zu behalten, denn, so der Meister, es sei hart für Kartoffeln und Kohlen malen und Kunst produzieren zu müssen. Zu viele Künstler würde er kennen, die gerne so einen schönen Beruf hätten wie er. Nur wenn die finanzielle

Grundlage stimme, dann könne der Künstler malen was er will. Und dies sollte er sich erhalten.

Der Professor meinte es sicher gut. Aber im Moment klang es so als wollte er ihn wieder aus dem Aktsaal katapultieren. Gut, er war noch jung, jünger als die anderen, die schon einige Jahre der Entbehrung hinter sich hatten. Aber deren Bilder gefielen ihm auch nicht. Er hatte seine eigene Wahrheit, seine eigene Auffassung von den Dingen, die in dieser Welt waren. Aber wer sah die Dinge richtig? In solchen Momenten kam er sich vor wie ein Ertrinkender, der durch die Strudel in die Tiefe gezogen wird. Die starken Wellen der Musik, die harte Realität der Malerei und dazu die umfangreiche Literatur stürmten auf ihn ein. Wie oft stand er eingehüllt von diesen Eindrücken und wußte nicht wie er unbeschwert wieder herauskommen konnte.

Die Worte des Meisters hatten ihn überzeugt und von diesem Tage an konnte er seiner Malerei freien Lauf lassen. Er malte was im einfiel. Weidenbacher verschaffte ihm auch die Aufnahme bei den „Bildenden Künstlern", wo er als jüngstes Mitglied mit in der Fränkischen Galerie in Nürnberg und im Kunstpapillon in München ausstellen durfte. Voll von den Musen der Kunst gefangen hatte er keine Augen mehr für den Alltag, für das was sich politisch und wirtschaftlich im Lande tat. Abgehoben auf „Wolke sieben" verbrachte er heitere Tage der Hingabe, der Freude und des Genusses, aufgeschlossen allem was mit edler Kunst zu tun hatte.

In einem Zeltlager bei Zadar in Jugoslawien lernte er einen Junggesellen kennen. Adam, ein Angestellter auf dem Amt einer kleinen Gemeinde, er war groß, bereits fünfzig Jahre alt, etwas kahlköpfig, aber entgegen seines Aussehens, war er weich, fast weiblich angehaucht, sehr gefühlvoll, phantastisch, belesen und gutmütig. Ihm hatte er sich angeschlossen und hielt auch nach der Fahrt ständigen Kontakt. Adam lebte in jungen Jahren einige Jahre in Lappland. Jedes Jahr fuhr er für Wochen zurück in die Einsamkeit, um sich zu finden, wie er sagte. Gerne hätte Adam ihn mitgenommen, aber er weigerte sich vorsichtig. Adam ein großer Verehrer russischer Autoren, brachte seinem jungen Freund das Verständnis für russischer Literatur nahe. Sie lasen Dostojewski, Tolstoi, Gorki, Tschechow, Turgenjew. Er, Hans, hatte keine Schwierigkeiten diese Mentalität zu verstehen. Er erinnerte sich an die Gefangenen. Durch sie hatte er die große russische Seele schon früh kennengelernt. Dazu die Musik von Tschaikowsky und Mussorgsky. Adam war treu und anhänglich. Adam hatte wieder einen Freund gefunden, gab alles und wollt diesen Freund für sich behalten, ihn vereinnahmen und abschirmen von der Außenwelt. Lange Abende in den Weinkneipen der Stadt, Auseinandersetzungen über Literatur, Musikstreitigkeiten und Diavorträge über Lappland bestimmten nun seine Freizeit. I

VI

Die zweite Etappe, seine Jugendzeit, war zu Ende. Zu eng wurde ihm das Nest, und er begann die Flügel auszuprobieren. Wie ein flügge gewordener Jungvogel stand er am Rand seiner Behausung und hielt Ausschau auf das angepeilte Ziel seines ersten Ausflugs. Er erinnerte sich an diese Sturm- und Drangzeit. Ungeduldig versuchte er die ersten Flügelschläge. Gleiten wollte er über das Tal, den eigenen Horst hinter sich lassend. Der überwältigende Geruch der Freiheit lockte aus der Ferne. Er war alt genug, wenigstes fühlte er sich so. Nun galt es allen zu zeigen was er gelernt hatte und wie selbständig er war und sein wollte. Mit dem Versprechen nur ein Jahr fortzubleiben, gab auch seine Mutter ihr Einverständnis ihn ziehen zu lassen, denn er war mit neunzehn noch nicht volljährig. Er freute sich auf die baldige Freiheit, packte sein Koffer und ging nach Tübingen. Die Stelle hatten ihn die Altmeister der Sparte vermittelt, so wie es einst die Zünfte praktizierten, um ihren Gesellen eine weitere Ausbildung zu ermöglichen. Es hatte sich seit Sachs nichts geändert.

Eine herrliche Kleinstadt mit viel Historie. Ein möbliertes Zimmer fand er in der Nähe des Bahnhofs. Frau Kälberer, eine neunzigjährige, halb blinde, halb taube Schwäbin begrüßte ihn, zeigte ihm das Zimmer und schloß die Tür. Es war gegen Abend, schon etwas dunkel und in der dunklen Kammer kaum noch Licht, um das nächste zu erkennen. Die schwache Lampe an der Decke brachte auch nicht mehr Sonnenschein oder Helligkeit in den Raum. Es war schrecklich.

Nie war er so allein wie in dieser Stunde. Er setzte sich auf das Bett, stellte den ungeöffneten Koffer an die Wand und überlegte, heimfahren oder bleiben, das war die Frage, dazu ein ungutes Gefühl im Bauch, die Angst, die aufstieg und sich verbreitete. Was war er zu Hause noch so stark, konnte vor überschüssiger Kraft und Selbstbewußtsein kaum laufen. Und jetzt? Jetzt war er den Tränen nahe, zerknirscht, am Boden liegend stand er vor der Entscheidung ins Meer des Lebens zu springen oder zurück ins Nest zu fliegen, wo es eng war und es keine Möglichkeit gab selbst Entscheidungen zu treffen. Er saß, eine halbe Stunde und länger in dem ungemütlichen Zimmer dieser alten Frau. Die Nacht war bereits heraufgezogen und der schwache, spärliche, fahle Schein der Glühbirne huschte über die dunkelgrüne Tapete vor der ein altes, braunes Bettgestell die dicken, üppigen Federbetten zusammen hielt. Nichts bewegte sich. Was sollte er tun? Es klopfte. Die alte Frau kam. Sie hätte das Gefühl, daß er sich nicht wohl fühle. Sie setzte sich. Sie könne verstehen, wie ihm zu Mute sei, stammelte sie schwerfällig in ihrem schwäbischen Dialekt. Woher wollte sie es wissen? Eine alte, halb taube Frau mit einer Philosophie und das in dem Augenblick, wo er fast entschlossen war wieder seinen Koffer zu packen und umzukehren. Sie kenne das von den jungen Leuten, sagte sie ihm. Es sei schwer, wenn man das erstemal von zu Hause weg ist, aber morgen, morgen sei alles ganz anders. Er solle erst einmal schlafen gehen und warten bis die Sonne scheint. Es tat gut, auch wenn diese Frau für ihn ein ewiges Rätsel blieb. Sie schwätzte auf schwäbisch, was er nicht alles verstand, aber soviel, daß die ersten Wochen die schwersten sind und er solle es doch einmal versuchen. – Und er versuchte es.

Der nächste Tag war wirklich besser. Der Weg durch die Stadt versöhnte ein wenig. Vorbei an alten, neurenovierten Häuser, durch die engen Gassen, durch die noch der Staub der letzten Jahrhunderte wehte, ging er zur neuen Firma. Die Stelle und der Arbeitsplatz war nicht das, was seinen Vorstellungen entsprach und was man ihm versprochen hatte, aber eine Basis, wo er seine Probleme aufarbeiten konnte, ohne daß es den Kollegen aufgefallen wäre. Der erste Monat war nicht leicht, aber er hatte durch einen Kollegen aus seiner Heimat, die Möglichkeit nach einer Woche, die heimische Nestwärme zu schnuppern.

Die Mama war zu Tränen gerührt, hatte aber gleich mit ihren Anweisungen, was zu tun sein, dafür gesorgt, daß er die nächsten Wochen in der Fremde leichter ertrug und er nie wieder Lust verspürte, für immer nach Hause zu gehen. So hatte er die Feuertaufe der Fremde bekommen und bestanden und damit für immer der Heimatstadt verloren. Zu verdanken hatte er es aber dieser alten Schwäbin, eine Frau Kälberer, die ihn auf den rechten Weg brachte, den er gegangen war und über den es sich nachzudenken lohnte.

Über Tübingen, Esslingen und die kleinen Episoden sowie manches Trinkgelage an diesen Orten, über die er nur bei Gelegenheit sprach, kam er nach Frankfurt am Main. Eine Metropole, die in seiner Heimat keinen guten Ruf hatte, der nachgesagt wurde, sie sei ein Sündenpfuhl und habe nichts mit den normalen fränkischen Moralvorstellungen gemein. Die Stadt sei kein Boden für einen anständigen Menschen. Woher diese Aussage kam wußte er nicht, aber es mußte etwas mit der älteren Schwester seiner Mutter zutun haben. Nie hatte er diese Tante zu Gesicht bekommen. Seine Mutter lehnte jede Begegnung mit ihr ab. Von Frankfurt sprach man nicht und wenn, dann nur unter vorgehaltener Hand. Ihm war das egal. Er ging nach Frankfurt. Und noch heut liegt er in den Kissen, im Rhein-Main-Gebiet ganz nahe dieser Stadt mit dem schlechten Ruf. Doch welche Wege mußte er gehen, um für immer hier zu landen?

VII

Hier lernte er sie kennen, ein Mädchen, feminin, ein Persönchen, wie er sich immer ein Mädchen vorgestellt hatte, eine Weiblichkeit, die auch die Bezeichnung „Mädchen" verdiente. Sie war hübsch, zierlich, weich, liebevoll und intelligent. Was wollte er mehr? Aber wollte sie ihn? Immer hatte er gedacht, er müßte elegant angezogen, gepflegt und von guter Erscheinung sein, um so einem Mädchen den Hof machen zu können, sie zu umwerben und auch noch gehört zu werden. Aber nein, es war ganz anders. Ungewöhnlich. Irrational.

Von einem scheidenden Kollegen hatte er das möblierte Zimmer übernommen, da in den ersten Tagen in Frankfurt seine Unterkunft eine mittlere Katastrophe war und seinen vorgefertigten Moralvorstellungen von Frankfurt entsprach. Das Mobiliar des Zimmers bestand nur aus einem Bett und einem Stuhl. Die Matratze war mit mehreren Einweckgläsern abgestützt. Die Vermieter ein Paar mittleren Alters waren entsprechend. Schon am zweiten Tag wollten sie die Miete für weitere Wochen kassieren. Die Hausfrau, die bereits zum Ausgehen hübsch zurechtgemacht war saß mit rotem Kopf in der Küche. Ihre wurde, als sie kurz am Kiosk Zigaretten holen wollte angeblich das Geld gestohlen. Sie war eine dicke, aufgemotzte Weiblichkeit mit starken Speckrollen um den Bauch und saß unbequem im zu engen stahlblauen, seidig glänzenden Kostüm, die Handtasche auf ihren dicken Schenkeln und warte auf Geld von ihrem Mann, der ebenfalls keines hatte. Ihr Mann einen Kopf kleiner und schmächtig, meist im Unterhemd, nickte bestätigend bei der

Schilderung des Diebstahls am Kiosk. Das war nicht seine Welt. Er verließ fluchtartig die Behausung und kehrte erst spät in der Nacht zurück.

Auch die Gegend sagte ihm nicht zu, doch das Zimmer, das ihm zuvor geboten wurde, war noch schlechter, so daß er dieses Zimmer als erste Unterkunft nehmen mußte.

Hätte an dieser Stelle nicht das Schicksal eingegriffen, wäre er sicher nicht lange in Frankfurt geblieben. Durch die große Fluktuation in der Branche verabschiedete sich einige Tage später ein Kollege von der Firma und empfahl ihn mit warmen Worten seiner Wirtin als nächsten Mieter. Froh durch den Kollegen ein solides Zimmer bei netten Leuten zu bekommen, stellte er sich bei der neuen Wirtin vor. Die Wirtin eine geschiedene Frau mittleren Alters, mit zwei Töchtern, bewohnte eine Zweizimmerwohnung in einer ruhigen, schönen Umgebung. Die ältere Tochter in seinem Alter. Er verstand sich sofort gut mit den drei Frauen und durfte in der Küche, wo sie wohnten, denn das Wohnzimmer bewohnte er, abends eine Suppe oder einen Pudding kochen. Nette Gespräche, eine Tasse Tee und schon fühlte er sich wie zu Hause, hatte Ansprache, genoß die Stadt und lud seine Eltern nach Frankfurt ein. Ihnen wollte er die Stadt zeigen, die sie immer nur in schlechtem Licht sahen. Sie waren begeistert. Jetzt wohnte ja ihr Sohn hier in einer so schönen Stadt wie Frankfurt.

Die ältere Tochter des Hauses hatte ihre Freundin eingeladen, um ihr den neuen Mieter unauffällig zu präsentieren. Warum wollte er nie ergründen. Neugierde oder Angabe unter guten Freundinnen war in solchen Fällen ganz normal. Er stand gerade in einem dunkelblauen Trainingsanzug mit rotem, eingesetzten Sattel und einer weißen Matrosenmützchen in der Küche am Herd, um sich den beliebten und kostengünstigen Pudding zu kochen. Viel Geld füllten nie seine Taschen und das Wenige mußte für Reisen gespart werden und so war ein warmer, kostensparender Vanille- oder Schokoladenpudding die einzige Möglichkeit neben der Miete und den sonstigen Ausgaben etwas abzuzweigen. Nur sonntags wurde nicht gekocht. Zusammen mit seinem Freund und Kollegen Günter Kraushaar, einem roten Wuschelkopf aus Schwaben, ging er Essen. Sie zelebrierten, elegant gekleidet diese Stunde der notwendigen Nahrungsaufnahme als einen Feiertag. Der Rest wanderte in den Sparstrumpf für Reisen. Mindestens dreimal pro Jahr fuhr er ins Ausland. Laut Tarifvertrag standen ihm aber nur zwei Wochen Urlaub im Jahr zu, so daß er gezwungen war vor jedem Urlaub zu kündigen und sich nach dem Urlaub eine neue Stelle zu suchen. Auf dies Weise kam er auch nach Frankfurt. Eigentlich nur ein Zwischenstop, denn sein Ziel war Holland, wo viele Kollegen und in jungen Jahren seine Mutter gearbeitet hatten.

Wieder kochte er Pudding als es klingelte und das arrangierte Zusammentreffen mit der Freundin stattfand. Ein Hallo, dann einig Worte, ein nettes Gespräch, einige Anekdoten aus dem eben verbrachten Urlaub und die Zeit war weg, und weg war auch sie.

Was war geschehen? So ohne Ankündigung war sie plötzlich gegangen. Warum war sie so schnell verschwunden? Hatte er sich falsch benommen? So wie er angezogen war, konnte er auch keinen Eindruck auf sie machen. Was hatte er da gesehen? War es Wirklichkeit? Nie war ihm ein solches Mädchen begegnet. Wo her sollte er wissen, daß es „Sie" gab? Vielleicht war es nur eine Einbildung? Ihr Lachen, ihre Art, er war wie verzaubert. Was war die Haustochter dagegen für ein ... (na ja). Sicher liebenswürdig, aber kein Ver-

gleich mit einer solchen Erscheinung, einer solchen jung-
fräulichen Weiblichkeit. Ein „Mädchen" wie es immer in
seinen Wunschträumen vorkam. Nun war sie da, sprach und
scherzte mit ihm, aber verschwand unversehens. Hatte er sie
erschreckt? War er in seinem Aufzug zum Gespött der Mädchen geworden? Verzweiflung kam auf. Ob er sie wiederse-
hen würde. Fragen konnte er nicht. Weder nach ihrer Adresse noch nach ihrem Namen. Aber sehen mußte er sie wieder. Doch wie? Gerne hätte er ein paar Worte mit ihr allein
gesprochen. Warum gab es keine Möglichkeit? Er stellte den
Pudding beiseite und verließ sein Zimmer. Ein scheußlicher
Tag. Unruhig rannte er durch die Straßen, gut angezogen,
wollt in die Stadt, kehrte auf halben Weg um, ging nach
Hause, war unruhig und versuchte mit etwas Malen von der
zermürbenden Stimmung Abstand zu gewinnen.

Was war los mit ihm, er war nicht verliebt, er kannte die
Freundin kaum, warum war er so unruhig. Dieses Gefühl
kannte er nicht. Mädchen waren ihm nicht neu. Er hatte ge-
tanzt und als guter Tänzer auch diverse Verehrerinnen, was
seiner stämmigen Tanzdame in Nürnberg immer zuwider
lief. Nein, diese unerklärliche Unruhe, war nicht normal. Es
dauerte einige Tage, da sah er sie wieder. Zwar nur kurz,
aber er sah sie, sah ihr Lächeln, tauschte einige Worte und
fand Gelegenheit, sie ein Stückchen zu begleiten und sich
mit ihr zu verabreden. Wenigsten ein erster Schritt, ein biß-
chen Hoffnung sie wieder und allein zu sehen. Unruhig und
überglücklich sehnte er die Stunde des Zusammentreffens
herbei.

Von diesem Tage an trafen sie sich regelmäßig, und dennoch heimlich. Die Haustochter pflegte ihren alten Freund,
wunderte sich aber, daß ihr Mieter keine Zeit zu einem
Schwatz mehr hatte, daß sich ihre Freundin so wenig sehen
ließ und ahnte etwas, was sie nicht glauben wollte. Es gab

eine Verstimmung aber keinen heftigen Streit, jedoch eine ernstzunehmende Meinungsverschiedenheit zwischen den Freundinnen. Was ihm glücklicher Weise mehr Zeit für die heimlichen Treffen einräumte.

Da war auch noch der Cousin der Haustochter, der sich bei einem verwandtschaftlichen Besuch der Mädchen auf dem Lande in die Freundin seiner Cousine verliebt hatte. Für ihn wollte sie die Freundin bewahren. Für einen dahergelaufenen Mieter war sie ihr zu schade. Auch die Freundin hatte mit diesem harmlosen Problem ihre Schwierigkeiten. Obwohl nichts Ernstes zwischen beiden Mädchen war, wußte die Freundin nicht wie sie sich beim angekündigten Besuch des ländlichen Verehrers verhalten sollte. Eine Gewissensfrage, denn den Neuen kannte sie noch zu weniger. In der damaligen Zeit konnte sich selbst ein harmloser Flirt zu einem mittleren Drama auswachsen. Der jugendliche Verehrer kam und lud die Freundin ins Kino ein. Als Mieter und Außenstehender konnte er nicht eingreifen. Schlitzohrig hatte er seiner heimlich Geliebten Tage zuvor das Angebot gemacht mit ihm ins Konzert zu gehen. Nun lag es bei ihr. Sie mußte eine Entscheidung treffen. Dies sollte auch für ihn das Orakel sein, ob es möglich und sinnvoll war, sich weiter um sie zu bemühen. Sollte er aufgeben? Gewissensbisse, Zweifel, Hoffnung und Kampfgeist mischten sich, wechselten sich ab und bescherten ihm unruhige Stunden. Stunden des schmerzvollen Wartens und der zermürbenden Sehnsucht sie wieder zu sehen und die Gewißheit zubekommen, daß er ihr nicht gleichgültig war.

Sie sagte ja, kam mit ihm und der andere, verschmähte Liebhaber reiste enttäuscht am nächsten Tag ab. Die Entscheidung war gefallen und wurde auch offiziell von der Wirtsfamilie, wenn auch verstimmt zur Kenntnis genommen. Die kurz aufwallenden Wogen glätteten sich bald, der

Alltag ebnete alles ein, denn die langjährige Freundin des Hauses sollte nicht verloren gehen.

Glückliche Tage und Wochen begannen für ihn. Er war im siebten Himmel. Die schöne Zeit der jungen Liebe kosteten sie aus. Täglich trafen sie sich und noch immer fehlte der erste, alles besiegelnde Kuß, die endgültige Bestätigung, daß auch sie ihn liebte. Ihm genügte nicht nur ihre kleine Hand zu halten, den leichten Druck ihrer zarten Finger zu spüren und die neidischen Blicke und dummen Sprüche der Kollegen als Beweis zu werten.

Dennoch versagte sie ihm den Beweis. Sie war liebeswürdig, zärtlich, heiter, unbeschwert und strahlend, aber immer mit einer gewissen Zurückhaltung, die ihn zur inneren Raserei brachte. Ungeduldig verlangte er Beweise ihrer Zuneigung und forderte sie auf länger zu bleiben, obwohl ihr Vater am Abend auf ein frühes und pünktliches Erscheinen seiner Tochter zu Hause Wert legte. Sie stand zwischen beiden Männern und wollte jedem gerecht werden, was letztendlich zur ersten Auseinandersetzung führte. Ohne Gruß stieg sie in den Bus und war verschwunden. War das ein jähes Ende? Vielleicht spielte sie nur mit ihm? Verzweifelt und sich selbst beschimpfend für soviel Ungeduld ging er mit gesenktem Kopf die Allee entlang nach Hause. Düster Tage standen ihm bevor und selbst der helle Sonnenschein konnte ihn nicht aufheitern. Hatte er sein Glück verloren? War das Glück verspielt? War sie für immer aus seinem Gesichtskreis verschwunden? Sollte er das Zimmer verlassen und eine neue Unterkunft suchen? Sicher die beste Lösung, um Abstand zu bekommen und das selige Abenteuer zu vergessen. Aber war es ein Abenteuer? War es nicht mehr? Hatte es ihn nicht tiefer erwischt? Tage der Stille waren die Folge. Nichts war von ihr zu hören. Sollte er sich melden?

Was würden ihre Eltern sagen? Würde er sein Gesicht verlieren? Mit knapp zwanzig war es schwer solche Fragen befriedigend zu beantworten.

Nach Tagen der Funkstille die ersten Zeichen. Vorsichtig suchte sie wieder die Nähe zu ihrer Freundin. Warum? Galt es ihm? Sollte er sich wieder zugänglich zeigen? Erste Kontakte. Erste Annäherungen. Alles schien nicht mehr so schwer gewichtet zu sein. Ein erstes Lächeln, ein Scherz und alles war wie gehabt. Sie verabredeten sich fürs Theater am Dornbusch. Eng aneinander gedrückt war es schwierig etwas vom Stück mit zu bekommen. Ihre Berührungen, ihre Wärme und ihre Zärtlichkeit waren ihm wichtiger als die besten Dialoge und Szenen des Stücks. An das Stück konnte er sich nicht mehr erinnern. Es war auch nicht wichtig, er hatte ja sie. Sie spielte die Hauptrolle auf seiner Bühne. Sollte es der Abend seines Lebens werden? Selig sie wieder zu haben, ihre Nähe und Zuneigung zu spüren, machte den Abend zum Erlebnis.

Nach der Vorstellung, es war eine laue, mondlose Nacht, gingen sie langsam zu Fuß den alleegleichen Weg nach Hause. Sanft umschlang er ihre Hüfte, zog sie fest an sich heran, um sie mit jeder Faser ihres Körpers zu spüren. Leicht neigte er den Kopf, wollte sie zärtlich auf die Wange küssen, als sie ihren Kopf drehte und ihn küßte, wie er noch nie geküßt wurde. Es war mehr als ein Kuß, für ihn war es eine Antwort auf all seine Fragen, die ihn in den letzten Wochen den Kopf zermarterten. Nicht die kleinste Flüchtigkeit war zu spüren. Er wußte nicht, ob er sie küßte – nein – sie küßte ihn und nur ihn. Es traf ihn im tiefsten Punkt seiner Seele. Der Kuß war ein Vermächtnis, ein heiliger Schwur. Was Reineres hatte er nie erfahren.

„Selig wie die Sonne ......" paßte zu seiner Stimmung. Eine Übertragung der Meistersinger aus Bayreuth machte es möglich mit ihr zusammen Stunden vor dem kleinen Radio zu verbringen, der ihn schon lange auf seiner Wanderschaft begleitete. Die Wirtin machte Kaffee, kam ab und zu, wurde aber von der Musik wieder verjagt. In allen Details versuchte er sie damals für seine Leidenschaft zu begeistern, rannte aber offene Türen ein, denn von zu Hause aus war sie mit Klassik aufgewachsen, auch wenn Wagner noch nicht zu ihrer Lieblingsmusik gehörte. War sie nun sein? Er wollte sie doch für immer haben. Er malte sie „Mädchen mit Hut". Das Bild war von einer Qualität, daß es sofort, sogar als „unverkäuflich", mit in eine Verkaufsausstellung nach München kam. Von fünfzehnhundert Bildern war es nur fünfundsechzig Werken vergönnt in München ausgestellt zu werden. Es gab viel Ärger unter den älteren Kollegen in Nürnberg, denn sie sahen es nicht ein, daß der jüngste Kollege, mit einem unverkäuflichen Bild einen Platz blockierte, der eventuell zu einem Verkauf hätte verhelfen können. Aber sollte er das Bild einer Heiligen, seiner Heiligen verkaufen? Nicht auszudenken. Nie würde er sich von diesem Bild trennen. Für ihn war es unbezahlbar. Aber wer konnte das schon verstehen?

Die klassischen Musikerlebnisse mit ihr und seine Malerei hatten ihn wieder voll in Besitz genommen. Er schrieb sich an der Kunstschule in Offenbach ein und belegte Akt.

Um näher an der Schule zu sein, Geld mußte er nebenbei auch noch verdienen, wechselte er die Stelle. Drei Tage in der Woche hatte er Unterricht. Täglich wechselten die Professoren. Mittwoch war der Tag, der ihm am meisten gab. Bele Bachem, eine Künstlerin, auf die schon sein Lehrer Franz Gary, der Künstler, aufmerksam gemacht hatte, von der er schon mit vierzehn Jahren Postkarten in seine Kunstsammlung aufnahm, betreute den Unterricht. Ein kleines, zierliches, dunkelhaariges, zerbrechliches Persönchen, die wie ihre Figuren in ihrer Welt schwebte. Eine der großen deutschen Surrealistinnen, die neben Paula Modersohn-Becker, Käthe Kollwitz und Gabriele Münter zu nennen ist. Nun sprach er mit ihr über Kunst. Nach dem Unterricht, er wohnte wie Bele Bachem in Frankfurt, fuhr er mit der Straßenbahn nach Hause. Zum Wohle der Stadt Offenbach verlangten die Verkehrsbetriebe von der Frankfurter Stadtgrenze bis in die Offenbacher Innenstadt einen eigenen Tarif. Damit wurde die Fahrt zu teuer und für ein damaliges Einkommen eine unerschwingliche Dauerbelastung, nicht nur für ihn, sondern auch für Bele Bachem.

Wenn auch negativ aus finanzieller Sicht, so war es für ihn optimal, was er zu nutzen wußte. Denn auch Bele sparte wie er den zweiten Tarif und ging zu Fuß bis zur Stadtgrenze. Eine einmalige Gelegenheit mit ihr, einer bekannten, bedeutenden Künstlerin, nicht nur technisch künstlerisch, sondern auch privat ins Gespräch zu kommen. Es waren die wertvollsten Stunden seiner Kunstausbildung.

Seine große Liebe, dazu die Musik und die Malerei prägten seinen Alltag. Die Kollegen belächelten und bewunderten ihn, den, der so abgehoben im Alltag keinem Widerstand durch unangenehme Vorgesetzte aus dem Wege ging. Er war frei, verliebt und im Glauben ein großer Künstler werden zu können. Wer hatte da noch Zeit an die berufliche Ausbildung zu denken? Auch seinen Eltern blieb die Veränderung nicht verborgen. Die seltenen Besuche und die ständig geistige Abwesenheit, mit der er ihnen entgegenkam, forderten von ihm eine deutliche Stellungnahme. Nun gestand er die Bekanntschaft und zeigte das erste Bild, denn die Geliebte hatte sich extra für ihn fotografieren lassen. Er schwärmte von „dem Mädchen" das er getroffen hatte. Sie und nur sie wollte er ein Leben lang an seiner Seite haben. Die Mutter war entsetzt.

Was hatte die Mama alles vorgebracht. Er sei noch so jung, noch nicht fertig mit Beruf und Ausbildung. Er sollte erst einmal zurückkommen, denn die Fremde würde in auf die Dauer nicht bekommen, was zum Beispiel diese Affäre bewies. Die Mädchen würden sich nur an junge Männer heranmachen um in Zukunft versorgt zu sein. Noch dazu passe eine aus Frankfurt nicht zu ihm. Er wäre ihr auf Dauer nicht gewachsen.

Seltsame Worte, der Eltern, wobei der Vater sich meist der Stimme enthielt. Wo sollte er Rat finden? Er hatte einen Freund, Adam. Was würde er sagen? Hans schrieb ihm. Adam antwortete kurzfristig, bedauerte, daß ihre Freundschaft nicht dauerhaft sei, denn nun habe er ja andere Interessen. Er wünsche ihm viel Glück – das war es.

Stand er nun allein mit seinem Engel? Mußte er selbst entscheiden was zu tun anstand? In langen Gesprächen mit ihr und der entscheidenden Frage, kamen sie zu dem Schluß zusammen zu bleiben. Er wollte weiter nach Holland, war eigentlich nur auf der Durchreise in Frankfurt hängen geblieben und schon viel zu lange am Ort. Holland war aber nicht das Land, wo ihr Papa ja sagen würde, gestand sie ihm. Vielleicht würde sie in die Schweiz können, denn als Kind war sie schon einmal in diesem Land bei Pflegeeltern. Sofort wurde umdisponiert. Eine entsprechende Arbeitsstelle in der Schweiz war schnell gefunden. Auch für sie. Eine Stelle als Haustochter und Kindermädchen nahm sie in Kauf, damit sie mit ihm in der gleichen Stadt sein konnte.

Zuvor gab es die obligatorische Verlobung, denn die Zeit war nicht so, daß ein treusorgender Vater, die noch minderjährige Tochter mit einem dahergelaufenen „Niemand" in die Fremde gelassen hätte.

Was sein mußte, mußte sein. Er kaufte einen teuren Blumenstrauß für die Mama und stellte sich zum gegebenen Zeitpunkt, kurz vor dem Abendessen, bei den Schwiegereltern in spe ein. Fein gekleidet, mit vielen Manieren, stellte er sich vor und hielt ganz stilvoll um ihre Hand der Tochter an.

Dann kam, was kommen mußte, der besorgte Vater fragte nach Einkommen und weiteren Zukunftsaussichten. Ein schwieriges Unterfangen. Wer konnte schon wissen was sein wird oder was sein konnte. Es war eben Tradition danach zu fragen und ein altes Ritual allemal. Hier half ihm sein damals angesehener Beruf, der gute Aussichten für die Zukunft versprach, denn als Künstler hätte er keine Chancen gehabt das Ja-Wort des Vaters zu bekommen. Dann gab es Abendessen und mit der ausführlichen Durchsicht des umfangreichen Familienalbums war die Aufnahme des neuen Familienmitglieds besiegelt. Nun kam der geplante Angriff von beiden Seiten. Dem Vater mußte beigebracht werden, daß sie beide in die Schweiz wollten, um sich weiterzubilden, mehr zu verdienen und selbständig zu werden. Auch hier half die Aussage, nur höchstens ein Jahr bleiben zu wollen. Etwas schwerfällig wurden viele Bedenken über Jugend und Ausland erörtert, was letztlich doch, wenn auch schweren Herzens, zum erhofften Einverständnis führte.

Sofort nach der beschlossenen Verlobung, sie wurde in Nürnberg in kleinem Familienkreis vollzogen, packten sie die Koffer und fuhren nach Biel in die Schweiz.

VIII

Ein neues Leben begann. Vor allem für seine Braut. Sie stand erstmals auf eigenen Füssen. Er war erstmals zu zweit unterwegs. Als Einzelkind war er es nicht gewöhnt für jemanden da sein zu müssen. Für sie war es schwer ohne Familie zu leben. Eingebettet in eine große Familie, sie waren vier Kinder, bedeutete der Schritt eine große Herausforderung. Dazu die strenge, eifersüchtige Art der Schweizerfamilie, die ihr kaum Ausgang zubilligte.

Wie Romeo und Julia unterhielten sie sich abends unter ihrem Fenster, aus dem sie wie ein eingesperrtes Vögelchen ins Freie ihre Liebe hauchte und dabei waren sie verlobt. Wochenlang eine harte Prüfung für beide. Dann die Befreiung. Sie kündigte und suchte sich eine neue Stelle. Nun hatten sie die Freiheit, die sie ersehnten. Die Wochenenden gehörten ihnen und sie verbrachten jede freie Minute zusammen am See oder in der näheren Umgebung.

Sein Zimmer lag in einer breiten Straße in Biel, in einer Wohngemeinschaft eines Schwesternhauses der Englischen Fräuleins. Er hatte ein großes Zimmer mit Wandschrank, einen schweren Schreibtisch, Stuhl und Bett. Dazu Bad- und Toilettenbenutzung. Küche gab es keine. Wie es sich gehörte, war Damenbesuch nicht erlaubt. Auch das stichhaltige Argument, daß er doch verlobt sei erbrachte keine Ausnahmeregelung. Zum Glück hatte das Haus einen eigenen Eingang. Die amtlich beauftragte Schwester des Eingangs konnte das Kommen und Gehen im Nebenhaus nicht kontrollieren. Ein schnelles Huschen dicht an der Hauswand, das Verschwinden im Eingang, um ungesehen in die erste Etage zu kommen waren bald einstudiert und so gelang es, sich in den eigenen vier Wänden zu sehen.

Er malte in dieser Zeit an einem großen Selbstbildnis als „Pit". Seine Braut leistete ihm Gesellschaft, sie tranken Tee und genossen ihre wenige Freizeit, als es an der Türe klopfte. Schell wurden verdächtige Utensilien versteckt bevor er öffnete. Vorsichtshalber verschwand seine Braut hinter der Tür. Wie vom Donner gerührt blickte er beim Öffnen in das strahlende Gesicht einer grau gekleideten Schwester aus dem Nebenhaus. Tausend Gedanken schossen ihm durch den Kopf. Waren sie entdeckt? Was wollte die fromme Tante von ihm? Kamen nun die Kündigung und der Rauswurf? Freudestrahlend verkündigte die fromme Maid, daß sie für ein wohltätiges Werk sammeln wolle und um eine kleine Spende bitte. Das ging ja noch. Schnell versuchte er ein paar Franken zu finden und das junge Englische Fräulein loszuwerden. Da entdeckte sie das in Arbeit befindliche Bild im Bücherregal gegenüber der Eingangstür. Ein kurzer Aufschrei der Begeisterung und schon stand sie mitten im Zimmer. Ein langes, kurzes Gespräch über Kunst, aber nicht die Absicht wieder zu gehen. Minuten wurden zu Stunden und mit banger Hoffnung sie bald zum Gehen bewegen zu können.

Nachdem die Türe wieder geschlossen war stand ihm der Schweiß auf der Stirn, die Braut hinter der Tür war bereits tausend Tode gestorben und ebenfalls fix und alle. Sie sanken sich in die Arme, verließen schnell das Haus, um nicht noch weitere Unannehmlichkeiten begegnen zu müssen.

In diesem Zusammenhang erinnerte er sich an eine Begebenheit. Zufall oder Schicksal, nach vierzig standen sie im selben Zimmer, am Ort wo ihre Zweisamkeit begann. Sie waren auf einer zweiten Hochzeitsreise im nostalgischen Orientexpreß. Die Töchter hatten ihnen diese

Reise als Erinnerung an die erste, abenteuerliche Reise geschenkt. Mit dem Zug ging es von Zürich aus durch die Schweiz, über Biel, wo der kleine Abstecher in die Murtenstraße gelang. Die Haustür stand offen, wie damals waren auch die Türen in der ersten Etage nicht verschlossen und schon hatten sie Zugang zu einem Ort, wo sie vierzig Jahre zuvor bange Momente erlebten. – Kaum zu glauben, aber ein berührendes Erlebnis. Groß war die Begeisterung als sie am Abend wieder in Zürich landeten.

Doch damals verlief alles ganz anders. Zermürbend war die ständige, tagelange Trennung in der Fremde. Viele Pläne wurden geschmiedet, wie eine engere Gemeinsamkeit zu erreichen war. Nein, trennen um keinen Preis. Sie wollten täglich zusammen leben, für immer und nicht auf großzügiges Wohlwollen angewiesen sein.

Heiraten, nur die Ehe war jetzt noch die Lösung. Sie schrieben nach Hause. Kurzes Aufbäumen und der mahnende Hinweis von allen Seite, sie wären doch beide noch zu jung, war für sie jetzt kein Hindernis mehr. Sie hatten genug Erfahrung gesammelt, um zu wissen was sie wollten. Zwar stimmte es, er war gerade einundzwanzig, sie zwanzig und zu diesem Zeitpunkt noch nicht volljährig. Ohne auf Antwort oder Zustimmung zu warten, wurden die geplanten Termine in die Heimat zurückgeschickt. Seine große Liebe, fuhr vier Wochen vor dem ersehnten Termin zurück, erledigte alle Formalitäten und verblüffte mit ihrer erworbenen, erarbeiteten und erkämpften Selbständigkeit die Familie.

Vier Wochen eine nicht auszuhaltende Trennung machte die Zeit doppelt so lang. Die Tage wollten nicht enden und seitenlange, sehnsuchtsvolle Briefe kreuzten sich. Er hatte seine Sachen gepackt, gekündigt und verließ die Stadt Biel ohne sich umzudrehen. Als Letzter erschien er zum festgelegten Polterabend in Frankfurt.

Wie würde sie ihn empfangen? Würde sie überhaupt am Bahnhof sein? Bange, hoffend, zuversichtlich und wieder sicher verließ er den Zug. Auf dem langen Bahnsteig des Kopfbahnhofes in Frankfurt kam sie ihm entgegen. Ein neues Kleid hellblau mit weißen Streifen. Sie hatte es genäht und an diesem Tag das erstemal angelegt. Es war das Kleid für seinen Empfang.

Noch heute sah er sie langsam auf sich zukommen, wenn der die Augen schloß. In diesem Moment schien es ihm, als wäre nur sie auf dem Bahnsteig. Wo waren die Menschen aus dem Zug? Hier versagte die Erinnerung, denn in seinem Gedächtnis hatte sich nur ihr Bild erhalten. Jung, schön, rein, seine Liebe. Vier Wochen hatte er sie nicht gesehen, nicht gesprochen und nicht berührt. Eine heiße Umarmung lag in der Luft als sie auf ihn zukam und sich immer deutlicher vom grauen Umfeld abhob. Dann war es soweit, er ließ sein kleines Gepäck fallen und sie sanken sich in die Arme.

Das Haus war voll zahlreicher Gäste, die unruhig auf den Bräutigam warteten. Nach dem traditionellen Polterabend mußte am nächsten Morgen noch schnell ein passender Anzug gekauft werden. Danach, kurz vor Mittag leisteten sie im „Frankfurter Römer" die Unterschrift, nun waren sie Mann und Frau und sie für immer sein.

Am späten Nachmittag, des nächsten Tages, es war ein Samstag, wurde der große Augenblick im Leben Verliebter in der Kirche vollzogen. Da gab es Tränen von der weißen Braut, kleine, hübsch gekleidete Blumenmädchen und viele Gratulanten. Ein erhebendes Gefühl bei Orgelklängen auf dem roten Teppich entlang mit der Braut am Arm auf den geschmückten Altar zuzugehen. Wer bekam da schon mit was rings um ihn geschah und was der Pfarrer zu sagen hatte? Konzentriert, den richtigen Einsatz beim „Ja" zu finden, zog alles an ihm wie eine Scheinwelt vorüber. Dann war es endlich soweit, die Zeremonie fand ihr Ende und nun ist man auf ewig verbunden wie es die Worte des Geistlichen ausdrückten.

Es war ein heißer Julitag. Schnell löste sich die steife, formelle Atmosphäre, lustig und heiter wurde bis in die späte Nacht gefeiert. Das Brautbett war nach alter Weise verschnürt und unzählige Wecker im Hochzeitszimmer versteckt. Eine schreckliche Nacht. Aber es gab auch eine Überraschung für die Gäste beim Frühstück. Alle warteten vergnügt und gut gelaunt auf das junge Brautpaar.

Sie warteten vergebens, denn die frisch Vermählten waren bereits ausgeflogen. Die geplante, oder besser nicht geplante Hochzeitsreise, hatte sie in den frühen Morgenstunden aus dem Haus getrieben. Niemand wußte Bescheid, außer ihrem ältesten Bruder, der unter strenger Auflage der Verschwiegenheit das Reiseziel kannte.

Er schmunzelte, als er an ihre erste große Reise dachte. Ihr unvorhergesehener Verlauf entsprach nach heutiger Sicht den vielen Jahren, die er nun mit ihr zusammen war. Reisen wie sie heute einfach konsumiert, über Agenturen gebucht und nach Stunden bemessener Sonnenscheindauer und sanitären Einrichtungen ausgesucht werden, waren am Tag ihrer Hochzeitsreise nicht einmal in den kühnsten Phantasien denkbar. Am Hauptbahnhof gab es einen Fahrkartenschalter, wo mit Geld und Zielangabe alle Wünsche erfüllt werden konnten. Mehr nicht. War das nicht herrlich? Man schrieb das Jahr 1958. Ein Jahr, wo nach heutigem Verständnis Tourismus noch mittelalterlich anmutete.

Mit zwei schnell gelösten Fahrkarten, einer Frau und zwei Koffern ging es los. In Lausanne wollten sie auf den Zug aus Paris warten, der sie an ihren Zielort, das Land ihrer, seiner Träume bringen sollte. Er wollte einmal Asien betreten. Der günstigste Ausgangspunkt war Istanbul. Orient und Okzident berührten sich an dieser Stelle vorsichtig, wenn auch gefährlich für allein Reisende. Es herrschte Kriegszustand in der Türkei und sie liefen Gefahr interniert zu werden. Deshalb auch die Heimlichkeit.

In diesem Alter machten sie sich wenig Gedanken über das was sein könnte. Das Problem war, daß der Orient-Expreß nach Istanbul erst nachts um drei Uhr Lausanne passierte. Eine Schwierigkeit in der Schweiz. In den fünfziger Jahren klappten die konservativen Eidgenossen schon um zweiundzwanzig Uhr die Gehsteige hoch. Wo konnten sie mit dem schweren Gepäck warten außer im Wartesaal der Station? Hatten sie es richtig gemacht? Erste Zweifel kamen bei ihm auf. Kurz vor drei Uhr war es soweit, die Nacht war sternenlos, erschreckend dunkel und ein kalter Wind blies auf dem Bahnsteig. Zu seinem Entsetzen zog der Bahnbeamte die falsche Tafel hoch, die den „Expreß nach Athen" anzeigte. Als junger, pflichtbewußter Ehemann schritt er sofort ein und machte den übernächtigen, langsam arbeitenden Schweizer Beamten auf seinen Fehler aufmerksam, denn früh um drei konnte so etwas schon passieren. Er hatte zwei Fahrkarten nach Istanbul gekauft, gewartet und wollte mit seiner jungen Frau auch das gewünschte Ziel erreichen. Gleichzeitig konnte er sein Durchsetzungsvermögen beweisen, denn er war noch für ein halbes Jahr der Vormund seiner jungen, frisch angetrauten Ehefrau. Erst mit der Volljährigkeit konnte sie selbst Entscheidungen fällen.

Der nicht zu erschütternde Beamte schüttelte abweisend den Kopf:

„Der Orient-Expreß fährt erst am Freitag – heute ist Mittwoch", damit verließ er, ohne sich umzudrehen seinen

Arbeitsplatz. Der Zug kam. Was sollten sie tun? Es war Nacht, drei Uhr morgens, sie standen in Lausanne auf dem dunklen, zugigen Bahnsteig, um nach Konstantinopel zu fahren und der richtige Zug kam nicht. Zeit zum Überlegen hatten sie nicht.

„Was sollen wir tun?" war ihre bange Frage in Worten und hilflosen Blicken seiner jungen, mädchenhaften Frau.

„Ich weiß es nicht", war seine kurze Antwort. „Steig ein, mir wird schon etwas einfallen!" Es ging schnell.

Sie standen im Flur eines Liegewagens und setzten sich enttäuscht auf ihre Koffer. Der Zug fuhr an. Ihr hilfloser Blick hing immer noch an ihm. Auf ihm lag die ganze, schwere Verantwortung aber auch die sich ankündigende Pleite seiner ersten Organisation als Ehemann.

Nur kein Chaos. Jetzt mußte er sich beweisen und klaren Kopf behalten. Nur jetzt keine Schwächen zeigen. Oder sollte die erste Unternehmung eine Blamage werden? Er rechnete alles nach, ging die Strecke in Gedanken durch und machte seiner frisch Angetrauten den glorreichen Vorschlag nur bis Venedig mit dem Athen-Expreß zu fahren. Sie wollten doch auf der Rückfahrt in Venedig bleiben, warum also nicht auf der Hinfahrt. Das leuchtete ein. Der erste Schreck war abgefangen. Wie zur Belohnung fanden sie ein nettes günstiges Hotel gleich am Bahnhof direkt am Canale Grande.

Venedig der Traum aller Neuvermählten. „La Gondola". Der Gondoliere fuhr die Brautleute, ihn und seine Liebe in der Gondel auf dem Canale Grande unter der Seufzerbrücke durch, die kleinen, schmalen Kanäle der Stadt entlang und sie genossen Venedig auf eine romantische Weise. Am Abend, wie sollte es anders sein, das große prächtige, alles überragende Gondelfest der Stadt an der Lagune. Kaum Fremde, denn es gab keine Werbung dafür im Ausland. Der

Tourismus der heutigen Tage hatte noch nicht das Licht der Welt erblickt. Die Möglichkeit alles von zu Hause aus zu planen, lag noch in den Sternen und sollte erst durch den großen Aufschwung in Deutschland wachgeküßt werden.

Seine Augen strahlten. Was eine Zeit, was Erlebnisse? Es war anstrengend so gleich nach dem Ja-Wort, vor solchen Entscheidungen zu stehen. Auch fühlte er sich für seine noch minderjährige Ehefrau mehr als verantwortlich. Jetzt erst begriff er, daß auch er mit gerade mal einundzwanzig Jahren noch sehr, sehr jung war. Er liebte sie, er wollte sie nicht enttäuschen, wollte ihr etwas bieten und dann schien es gleich am Anfang schief zu gehen. Was hatte sie damals gedacht? Hatte sie Angst? Vertraute sie ihm dennoch? Hatte sie es vielleicht für einen Moment bereut so schnell ja gesagt zu haben? Heute wußte er es, sie hatte bei allen dramatischen Niederlagen, bei allem Mist den er gemacht hatte, und es war nicht wenig, immer zu ihm gehalten. Sie liebte ihn doch. Noch heute. Sie war sein größter Gewinn, den er je errungen hatte. Was gab es schöneres, als einen Menschen zu haben, der einem so nahe stand, wie sie ihm und er ihr. Da streiten sich die Geister, was das große Los sei. Er wußte was es war. Wieder drehte er sich zum Fenster, sah in die Ferne, die er schon als Hochzeitsreise gewählt hatte. Und doch hatte er später immer Angst das Heim zu verlassen. Nur durch sie war es möglich geworden die Welt kennenzulernen. Sie hatte ihm Jahre später seine Jugendträume wahr werden lassen. Was wäre aus ihm geworden, ohne sie?

Wie versprochen, ging es am Freitag weiter. Der Orient-Expreß machte Station in Venedig, nahm das Hochzeitspaar auf und fuhr Richtung Südost. Eine lange Reise gegen das kurze Stück bis Venedig. Es war vor über fünfzig Jahren die einzige Möglichkeit dorthin zu kommen, denn Flugreisen waren noch nicht im Programm.

Er lächelte, als er an die glückliche Weiterfahrt dachte, die einen neuen Einschnitt in ihre Erlebniswelt bringen sollte, er dachte an Belgrad. Gerade mal sechs Tage verheiratet und schon wurde ihm die frisch Angetraute geklaut. Nicht auszudenken und heute bei der guten Betreuung durch Reiseleiter undenkbar. Es war eine witzige Begebenheit, die noch nach Jahrzehnten für Unterhaltung und Spaß in den Abendgesellschaften sorgte, wenn er das Ereignis zum Besten gab. Es war eine der herausragenden Vorkommnisse auf der so anhaltend, abenteuerlichen Fahrt ins Glück. Sie hatten sich beide eine Hochzeitsreise romantischer, verklärter, ja, kitschiger vorgestellt und wurden doch mit der rauhen Wirklichkeit konfrontiert, mußten hinnehmen was und wie es kam.

Der Orient-Expreß hielt fahrplanmäßig in Belgrad mit einem geplanten eineinhalbstündigen Aufenthalt. Einige tausend Watt Opernmusik beschallte den Sackbahnhof von Belgrad. Es war ein sonniger Morgen, gegen elf Uhr, und beide waren sie in Hochstimmung. Ihr Wagen war elegant und komfortabel im Gegensatz zu den anderen Waggons, die an der jugoslawischen Grenze an den Orient-Expreß angehängt wurden. Außer drei westlichen Wagen, hatte der Zug mit dem großen Namen an Aussehen und Bedeutung verloren. Mit zwei kleinen Lokomotiven, die mit Braunkohle geheizt und nicht besonders schnell fuhren, dafür aber durch stärkere Rauch- und Rußentwicklung beeindruckten, bestand der Expreß nun aus Wagen mit Klappgittern aus der Bummelzugzeit während des Krieges. Ihre luftigen, freien Übergänge von Waggon zu Waggon dienten zur Erfrischung, da wegen der lästigen Rauchentwicklung durch die Braunkohlefeuerung die Fenster im Zug nicht geöffnet werden konnten.

Für das Brautpaar stellte sich die Frage, ob es nicht Zeit war eine letzte Karte nach Hause zu schicken und nochmals ein Lebenszeichen vor der Heimreise zu geben? Eine Aufgabe für den frischgebackenen Ehemann. Klappte es schon in Lausanne nicht, so konnte er nun seine Fähigkeiten beweisen und eine Anzahl Ansichtskarten besorgen. Karten von Beograd sollten es sein. Es war die letzte Station von der aus sie sich melden wollten. Dann sollte für gut zwei Wochen absolute Funkstille herrschen. Niemand sollte wissen, wohin ihre erste gemeinsame Reise als Eheleute ging. Er hatte die meiste Auslandserfahrung, war einige Jahre zuvor schon in diesem Land und kannte keine Berührungsängste. Er sollte die Karten besorgen. Spärlich gekleidet, es war sehr warm, nur mit einer hellen Shorts, einem weißen Polohemd, weißen Turnschuhe, ohne Fahrkarten und Paß nur mit einigen Dinars in der Hand ging er vorsichtig den Zug entlang zur Lokomotive, die leise schnaufend mit ihren Puffern den Bock des Kopfbahnhofes berührte und ihre Dampfwolken vorsichtig in das offene Dach blies. Fahrkarten, Gepäck, Pässe und sonstige Utensilien bewachte seine Frau. Es war zu unsicher alles alleine im Wagen zu lassen.

Direkt am Bock von Bahnsteig eins, wo die Lock angedockt hatte, stand ein alter grauhaariger Man, mit einem ebenso grauen, kurz geschorenen Vollbart, breiten Schultern, einem karierten Hemd und einem lachenden Gesicht. Er bot Postkarten feil. Zwei oder drei Karten wollte er haben und Briefmarken natürlich. Auf jugoslawisch sagte er zwei und deutete auf die Karten.

„Du kommen aus Deutschland?" gab der Alte mit einem breiten Lächeln zurück. Stumm nickte er und der Alte, der gerade noch einem Kunden einige Dinar als Wechselgeld herausgab wandte sich nun wieder lachend an seinem neuen Kunden aus dem hohen Norden.

„Was machst du hier? Urlaub?" der Alte klopfte ihm die Schulter, als ob er seit langer Zeit auf den Freund gewartet

114

hätte, verwickelte ihn in ein Gespräch und gratulierte ihm, als er erfuhr, daß er auf der Hochzeitsreise sei. Er staunte, daß ein so junger Mann schon verheiratet war. Zugegeben, für sein Alter sah er sehr jung aus und wurde gewöhnlich für siebzehn oder achtzehn gehalten. Daß er schon einundzwanzigeinhalb Lenze zählte, hätte niemand gedacht. Schon auf der Verlobungsreise, hielt ein Franzose in Nice sie für Geschwister und wettete dagegen. Erst der Vergleich der Pässe klärte damals den Fall.

Der Alte lachte, lachte und gab ihm drei Karten und wünschte ihm Glück. Geld wollte er nicht nehmen, denn die Karten waren sein Geschenk. Er bestellte herzliche Grüße an die junge Frau und verabschiedete sich mit einem kräftigen Handschlag. Er, Hans, drehte sich in fröhlicher Stimmung um und war bereit zum Gehen.

Wie vom Blitz getroffen blieb er stehen, obwohl er sich noch kaum einen Schritt bewegt hatte. Was er sah war nichts. Wie im Traum wartete er auf sein Erwachen in der Hoffnung, wieder in die Wirklichkeit zurückzukommen.

Der Zug war weg! Er schaute ein zweites Mal hin. Der Zug war weg! Er hatte ihn nicht aus dem Bahnhof fahren hören, aber er stand doch daneben? Warum hatte der Alte nichts gesagt? Und „Sie"? Wo war sein blonder Engel? Hatte er sie wieder verloren? Sie war im Zug! Er begriff, rannte los wie ein Läufer, der kurz vor seinem Weltrekord stand. Er schrie und winkte hinter dem Zug her, der sich langsam von den langen Bahnsteigen verabschiedete. Wartende Passagiere an der Seite des Bahnhofs folgten stumm dem hysterisch schreienden und fliegenden Jüngling. Der Bahnsteig war zu Ende. Der Zug fuhr langsamer und hielt hinter dem Stellwerk. Er hatte Hoffnung. Arbeiter eines Bautrupps in der Nähe des Stellwerks lachten und deuteten an, langsamer zu laufen. Der Zug stand. Noch nie hatte ein Zug wegen eines winkenden, schreienden Mannes gehalten. Es war wie ein Wunder.

Völlig ausgepumpt verlangsamte er den Schritt. Mittlerweile hatte auch er das Stellwerk erreicht. Freudig bedankte er sich winkend beim Lockführer für die Freundlichkeit. Auch der lachte und winkte. Dann fuhr der Zug zurück in den Bahnhof. Er, als junger Ehemann, stand wie vom Donner gerührt weit draußen beim Stellwerk. Der Zug hatte nur das Gleis gewechselt und fuhr von Gleis eins auf Gleis drei, um die restliche Zeit dort zu warten.

Aufgeregt erzählte im Nachhinein sein geliebtes Weib, wie sehr sie sich erschrocken hatte und in Panik geriet, als der Zug plötzlich losfuhr. Wo sollte sie ohne ihn hin? Sollte sie abspringen? Was war mit den Koffern? Einige Reisende hinderten sie daran die Koffer aus dem Fenster zu werfen und beruhigten sie.

Wie sollte diese Reise weitergehen, wie sollte sie enden? Glücklich lagen sie sich in den Armen, als der erste Schreck verflogen war und beide wieder in ihrem Abteil Platz genommen hatten.

Was ein Fehlstart in die Ehe? War es ein schlechtes Ohmen? Nur wußte er damals nicht, daß es nur ein kleiner, charakteristischer Ausschnitt aus ihrem zukünftigen, gemeinsamen Leben war, der sich innerhalb weniger Tage ereignet hatte.

Was als heitere Begebenheit in der Erinnerung bleiben sollte, sind nicht die wirklich harten Schicksalsschläge, die in der Lage sind einem die Luft zu nehmen. Es sind die Ereignisse, die einen glücklichen Ausgang mit sich bringen. Entspannt, die Augen geschlossen bewegten sich sein Gedanken nach Istanbul, eine Stadt die nach diesen Strapazen, in Moment der Ankunft, nicht zu ertragen war. Aber welche Stadt kann schon behaupten, in der Bahnhofsgegend attraktiv zu sein?

Es waren eigentlich kleine Ereignisse, doch für sie als junges Paar eine Herausforderung. In schneller Folge hatte sich viel angehäuft und konnte dennoch die junge Ehe nicht erschüttern sollte. Es war eine Feuerprobe, die sie bestanden, die sie zusammenschweißte und für die Zukunft prägte. Heute begriff er was sich damals ereignete. Wie stark sie war, wie sehr sie schon damals uneingeschränkt und treu zu ihm hielt. Er bewunderte und liebte sie noch immer dafür.

Im Gegensatz zu heute, wo alles organisiert stattfindet, wo selbst Abenteuer geplant, geführt und abgesichert zu buchen sind, war ihre Hochzeitsreise, wenn auch blauäugig durchgeführt, ein Meilenstein, der in dieser Form nicht mehr gemacht werden könnte. So gesehen war es ein unsagbares Vertrauen, das sie ihm entgegenbrachte und damit zeigte, daß sein Weg auch ihr Weg war und sein sollte.

Es fing an zu Dunkeln als sie in Istanbul ankamen, Autos hupen nur einmal, Menschen lärmten und rannten durcheinander. Schrecklich für Reisende, die müde und genervt nach zwei Tages- und einer Nachtfahrt hier ankommen. Verständlich. Der Orient-Expreß wurde hier am Zielort nicht mehr seinem Namen gerecht. Einer der besseren französischen Wagen, in welchem er mit seiner Braut saß bekam auf dem letzten Teil der Strecke einen Achsenbruch. Der Schaden mußte die letzten paar hundert Kilometer hingenommen und mitgeschleppt werden.

Am nächsten Tag schien wieder die Sonne. Vergessen war fürs Erste die furchtbare Nacht mit dem Fenster zum runden Innenhof des Hotels. Wie in einem Kamin stiegen laut, heiß und stickig alle orientalischen Gerüche der Küche nebst modrigem Abfallgeruch hoch in ihr Zimmer. Viel hatten sie nicht geschlafen. Erst am Hafen, mit Blick auf das asiatische Üsküdar schöpften sie beide neuen Mut. „Bela Tschai", so klang der Ruf der Teeverkäufer an der Brücke. Sie bestiegen eine Fähre und das Ziel Asien, war zum Greifen nah. Europa verlassen und einen anderen Kontinent betreten war zu diesem Zeitpunkt ein Ereignis. Der Kalender zeigte zu diesem Zeitpunkt den 22. Juli im Jahre 1958.

Eine halbe Stunde später standen sie auf asiatischem Boden. Üsküdar. Hier war alles ganz anders. Ein kleiner Ort, ohne befestigte Straßen. Ein großer Platz mit unscheinbaren, ein- und zweistöckigen Häusern. Festgestapfter Lehmboden und Sonne pur. Wo war die Großstadt? Eine Landidylle fernab der Metropole mit Bosporus und der Hagia Sophia im Hintergrund. Eine klein Moschee ganz in der Nähe, mehr nicht. Wo waren die Hotels? Wo konnte man hier wohnen, einige Tage in Ruhe verbringen? Wo konnte man ausspannen nach so vielen Strapazen und unangenehmen Erlebnissen, die nun hinter ihnen lagen? Sie standen allein, ganz allein auf dem Platz. Keine Menschenseele zeigte sich in und an den Häusern. Eine Szene wie aus einem billigen Western. Wo lauerte die Gefahr? Die Sonne brannte erbarmungslos und heizte den trockenen Lehmboden noch mehr auf.

Das größte, breiteste Haus lag vor ihnen. Die Türe stand offen. Es mußte das Rathaus oder wie es hieß die Kommandantur sein. Vorsichtig näherten sie sich, sahen sie um. Niemand war auf dem Platz zu sehen. Menschenleere wohin sie sahen. Der in der Sonne liegende Platz erinnerte kitschiger Weise an einen der vielen Western zur Mittagszeit und ähnliche Szenerien. Nur einige Grillen sangen ihr unverwechselbares Lied der flimmernden Hitze und Mittagsstille.

Zum Eingang zur Kommandantur gelangte der Besucher nur über eine ausgetretene Steintreppe. Noch immer niemand zu sehen. Sie gingen hinein. Sehr zögernd und vorsichtig betraten sie beide die Vorhalle. Alle im Kreis angeordneten Türen der Büros standen offen, denn die Hitze war unerträglich und moderne Klimaanlagen unbekannt. In jedem Zimmer stand ein hölzerner, altmodischer Schreibtisch über den ein emsig arbeitender Angestellter tief gebeugt sein Geld verdiente. Der Reihe nach warfen sie einen kurzen Blick in die Räume und nickten freundlich. Das Zimmer fast in der Mitte, gegenüber des Eingangs, war das größte und mit einem großen, wuchtigen Schreibtisch und einen ebenso wuchtigen Herrn dahinter bestückt. Sein roter, schweißtriefender Kopf saß tief im Nacken und ließ den mächtigen Bauch noch runder und unförmiger erscheinen. Mit offenem Kragen, sich ständig mit einem weißen Taschentuch die Stirn und das Kinn beziehungsweise den Nacken trocknend, füllte er mit seiner autoritären Erscheinung den kahlen Raum und blickte erwartungsvoll auf die Besucher in der offene Türe. Freundliches Nicken auf beiden Seiten. Eine entsprechende Handbewegung seinerseits forderte zum Betreten des Büros auf, was auch die erste Beklemmung nahm. Beim nähertreten öffnete sich die Sichtweise des Raums und einige Gesprächspartner des scheinbar Mächtigen traten aus dem Hintergrund.

Sehr „untürkisch" gekleidet, mit kurzer Hose und einem blonden Mädchen an der Hand, wurde er von den Einheimischen sofort als Ausländer eingestuft und von dem Mächtigen mit Handzeichen aufgefordert näher zu treten.

„Es scheint der Boß zu sein," flüsterte er ihr zu. Sie traten näher, nickten und grüßten nochmals. Sechs Augen musterten sie. Der typisch peinliche Moment. Der Mächtige fragte auf türkisch. Was immer er sagte, er konnte nur nach dem Begehr der Reisenden gefragt haben. Er fragte ob jemand deutsch sprechen würde, nach der Verneinung des Bosses, die Frage nach englisch, wieder verneint, französisch, nein, italienisch, zwar konnte er nicht viel, aber für eine kleine

Auskunft hätte es sicher gereicht und wieder kam das „Nein" in Form von lockerem Kopfschütteln. Zwar bekamen sie keine Auskunft, aber es hatte großen Eindruck gemacht mit soviel Sprachen aufwarten zu können.

Er mußt an die Anekdote der Ostfriesen denken, wo ein Fremder nach einer Tankstelle fragte und da er keine Antwort bekam, es in weiteren Sprachen versuchte und dennoch ohne Auskunft blieb, worauf der eine Ostfriese hinterher sagte:

„Hast du gehört? Fünf Sprachen! Toll, was!" und der zweite antwortete:

„Und was hat´s im genützt?" Nichts hatte es genützt und langsam leicht grüßend, mit einer leisen Entschuldigung auf den Lippen versuchten sie rückwärts das Weite zu suchen. Der Mächtige erhob seine Stimme, machte hastige Bewegungen und forderte in wilden Gesten zum Bleiben auf. Er kommandierte, rief Namen und ein schlanker, dunkelhaariger Angestellter mit ebenso schwarzem Schnauzbart kam durch die Seitentüre. Er fragte nach den Anweisungen seines Chefs und in gutem Englisch nach dem Begehr der Besucher.

Die Frage nach einem Hotel in Üsküdar verlief sehr abschlägig, mit Kopfschütteln und Achselzucken, bis der Herr mit dem feinen Englisch auf eine Idee kam. Ein deutsches Gästehaus befinde sich doch am Bosporus, so seine Aussage. Man wollte sich gerne bemühen, ob es so was wie eine Übernachtungsmöglichkeit für das Hochzeitspaar gäbe. Dann wurden auf Befehl Stühle herbeigeschafft und in nobler Geste den Fremden, die sich anscheinend hierher verirrt hatten, ein Platz angeboten. In der Zwischenzeit wurde rundum telefoniert und alsbald kam die positive Nachricht, daß im deutschen Gästehaus ein Zimmer frei sei.

Mit strahlender Miene erhob er sich reichte seiner jungen Frau die Hand und wollte sich von den hilfreichen Herren verabschieden, um ihre Sachen aus dem Hotel in Istanbul zu holen, als der dicke Boß, noch immer am Telefon hängend zum Warten aufrief. Was war jetzt noch? Er gestikulierte und schließlich ließ er durch seinen Dolmetscher mitteilen, daß der Chef, der Bürgermeister von Üsküdar, sie beide noch seiner Familie zeigen und vorstellen wollte, bevor sie in die Stadt zurückfahren. Er ließ übersetzen, daß er das junge Paar einlade, mit ihm zu kommen.

Warum nicht? Sie hatten ja Urlaub. Mit einem Blick, einem Lächeln und gespanntem Warten auf das nächste Abenteuer, ließen sie es zu, um zu sehen was kommen würde.

Wieder begann hastige Unruhe, der Chef erhob sich schwerfällig und seine jugendlichen Mitstreiter rannten durcheinander. Dann kam das Zeichen zum Aufbruch und alle traten vor die Tür. Hier stand ein kleiner, schäbiger, graugrüner Lieferwagen mit Pritsche bereit. Am Steuer ein junger Fahrer. Mit freundlicher Geste wurden sie aufgefordert einzusteigen. Dann war das Fahrerhaus voll, hatten sie gedacht. Jedoch der Schreck war groß, als der dicke Boß noch dazu stieg, denn das Gefährt war sein Dienstwagen. Auch die Türe mußte noch geschlossen werden, was nach menschlichen und physikalischen Gesetzen nicht möglich schien. U.... flüchtete auf den Schoß ihres Mannes, der sich schon halb auf den Schoß des Fahrers befand und die junge Gattin machte sich noch dünner als sie waren. Auf die Pritsche sprangen einige der Getreuen, um mit der Fuhre ebenfalls zum Mittagstisch zu gehen. Mittlerweile hatte es 12 Uhr geschlagen. Von der Moschee rief lautstark der Muezzin. In schneller Fahrt ging es über die staubigen, holprigen Straßen und bald hielt die Lieferung vor einem vierstöckigen, dunkelbraunen, alt wirkenden Holzhaus. Aufatmend stiegen der dicke Bürgermeister und die Hochzeitsreisenden aus und wurden an der Tür schon von der Frau des Hauses erwarte, begrüßt und hereingebeten. Alles mit netten Gesten, ohne eine sprachliche Verständigung. Ein erfrischender Trunk wurde gereicht und die Tochter, ein großes, dunkelhaariges, ruhiges Mädchen, etwa achtzehn Jahre alt, stellte sich vor. Die Schwierigkeit bestand jedoch in der Verständigung, da alle im Haus nur türkisch sprachen. Ein freundliches Lächeln und wilde Gesten sollten die einzigen Verständigungsmöglichkeiten sein. Die Tochter verschwand und kam nach kurzer Zeit mit einer Freundin zurück. Sie sprach ganz gut englisch und war wesentlich wortgewandter als die Tochter des Hauses. Nun bestand einigermaßen die Möglichkeit eine kleine Konversation zu pflegen. Viel hatten die Mädchen zu fragen. Unteranderem, ob die Farbe der blonden Haare echt oder gefärbt sei, bis hin zu Fragen nach Eigenheiten im Westen Europas.

Türkischer Kaffee wurde gereicht, zelebriert und das Rezept erklärt. Da Deutsche durch die Historie geprägt Freunde der Türken waren, sollten die Gäste auch etwas von ihrer Kultur und Tradition erfahren.

Er konnte sich nicht mehr erinnern, woher die Musik kam, aber plötzlich erklang traditionelle, türkische Musik. Echte Folklore.

Die beiden Mädchen fingen an einen Bauchtanz zu zelebrieren, was unter großem Beifall und mit viel Fröhlichkeit beendete wurde. Nun war es aber allerhöchste Zeit zum Aufbruch. Sie verabschiedeten sich herzlich von den Mädchen, die sie zur Türe brachten. Die Hausfrau wurde gerufen. Freundlich und mit Hilfe der Dolmetscherin wurde ihnen klar gemacht, daß die Zeit für den Abschied noch nicht gekommen war und sie zu bleiben hätten, denn für den Abend seien sie die Gäste der Familie. Was sollten sie tun? Auch ein schneller, ratloser Augenkontakt brachte keine einschneidende Entscheidung. Sollte sie oder nicht? Sie wollten nicht unhöflich sein, wußten aber auch nicht, wie sie sich in dieser neuen Situation verhalten sollten.

Schließlich wurde nachgegeben. Sie waren etwas ratlos und verwiesen höflich auf ihr Gepäck im Hotel, das sie noch zu holen hätten. Wieder gab es lange Telefonate und schließlich die Lösung. Das Gepäck würde von einem Mitarbeiter des Rathauses abgeholt. Der Name des Hotels wurde durchgegeben und beide waren sie froh, nicht nochmals in das schreckliche Bahnhofshotel zurückzumüssen.

Viele Stunden waren mittlerweile vergangen und einige junge Leute betraten den Raum. Sie wurden als die Geschwister der Haustochter vorgestellt. Selbst die Ehepartner von Brüdern und Schwestern kamen und zum Schluß wußten sie nicht mehr, wer zu wem gehörte und in welchen komplizierten Verwandtschaftsverhältnissen die Neuankömmlinge zu einander standen. Es ging Schlag auf Schlag und innerhalb weniger Minuten war die lautstarke Gesellschaft auf dreiundzwanzig Personen angestiegen.

Der Boß der Stadt und des Familienclans kam und erzählte überschwenglich die unglaubliche Geschichte der morgendlichen Begegnung, als zwei Fremde zu ihm kamen und einfach nach einem Hotel fragten. Alle lachten und schüttelten den Kopf. So etwas war in Üsküdar der damaligen Zeit fast undenkbar.

Wahrscheinlich hatten sie als junges, unerfahrenes Paar etwas gemacht, was so an diesem Ort, wo der Boß noch als uneingeschränkter König regierte, noch nie vorgekommen war. Ohne um einen Termin nachgesucht zu haben, ohne Anmeldung einfach in der Tür zu stehen und ihn persönlich, nicht über eine kleine Angestellte, den höchsten Mann der

123

asiatischen Seite von Istanbul, in vielen Sprachen nach einem Hotel zur fragen, ihn ungeniert anzusprechen galt in diesen Kreisen als mutiges Wagnis. Einige junge Männer klopften ihm auf die Schulter, um ihn wie einen Helden zu feiern.

Hatten sie sich wirklich so daneben benommen? Es war ihnen bis zu diesem Moment nicht bewußt. Warum sollten sie nicht den Mann fragen, den sie in diesem Augenblick für den kompetentesten hielten. Klafften damals die gesellschaftlichen Unterschiede in dieser Region so weit auseinander? War man hier noch so weit von ihrem Verständnis entfernt? Ob es heute anders war? Waren es die Einflüsse des Islams, wo die Frau auf dem Lande noch in Schwarz ging und sich verschleiern mußte? War es eine Männerwelt, aufgebaut in stark strukturierten Hierarchien oder ganz einfach das ungeschriebene Gesetz der Landbevölkerung? Sie hatten damals schon die Andersartigkeit des Ortes bemerkt, daß allein der Weg über den Bosporus nicht nur ein Schritt auf einen anderen Kontinent war, sondern auch einen Schritt in eine andere, ländliche, in alten Strukturen verhafte Welt darstellte. Auf der anderen Seite der Wasserstraße spürten sie, wie sehr gerade die junge Generation der Familie es begrüßte, endlich jemand gefunden zu haben, der es wagte, ob bewußt oder unbewußt, die alten patriarchischen Gepflogenheiten aufzubrechen und zu zeigen, daß eine neu Weltanschauung auch in ihren Bereichen denkbar sein konnte.

Der Abend war angebrochen. An einem großen, runden, übervoll gedeckten Holztisch nahmen alle Platz. Die Hitze des Tages hatte sich in dem dunkel wirkenden Raum im Erdgeschoß, der direkt neben der Küche lag gestaut, aber alle drängten an die Futterquelle. Bei fahlem Licht stürzte jeder auf das reichhaltige Festmahl. In englisch und französisch wurden nochmals alle Anwesenden vorgestellt und in die richtige Stellung innerhalb der Familie gebracht. Auf türkisch erzählte der Hausherr, Boß und Bürgermeister von Üsküdar zum wiederholten Male die Begebenheit am Vormittag. Es war für ihn ein einschneidendes Erlebnis, welches ihn nicht zur Ruhe kommen ließ. Er hatte sich wegen der stehenden Hitze und des üppigen Essens bereits seines Hemdes entledigt und saß mit offenem Hosenbund und weißem Unterhemd wie ein Patriarch mit dem Rücken der linken Zimmerecke zugewandt, gleich neben dem Fenster zur Straße, an der runden Tafel, stolz und wohlwollend auf seine Familie blickend. Von Zeit zu Zeit nahm er zwischen den fetten und öligen Speisen, einen Raki (Anisschnaps) und einen Schluck Wasser, rülpste und lächelte, klopfte dem jungen Ehemann aus Deutschland auf die linke Schulter und forderte ihn auf kräftig zuzugreifen.

Viel wurde geredet und gelacht und die Mitternacht war greifbar nahe, als der Pascha verkündete, den Fremden aus Deutschland die Illumination von Istanbul zeigen zu wollen. Gesagt, getan. Der Lieferwagen stand noch vorm Haus und die ganze Familie stieg auf. Auch die beiden Fremden brachten sie auf der Pritsche unter. Auf der Anhöhe von Üsküdar angekommen, lag die Silhouette der Perle am Bosporus zu ihren Füßen. Ein traumhafter Anblick, ein Blitzen und Blinken von Millionen Lichtern, deren elektrischer Ursprung so gar nicht zur Lebensauffassung im asiatischen Gegenüber passen wollte.

Wie aber sollten sie so spät noch ins Gästehaus gelangen? Vorsicht hatte er gefragt, aber es hieß, sie sollten sich keine Sorgen machen und für die Nacht wäre ein Bett für sie im Hause des Bürgermeisters bereit. Der erste Clan von Üsküdar hatte sich die Fremden, zur damaligen Zeit eine Seltenheit, einverleibt und in den Mittelpunkt ihrer Erlebniswelt gestellt.

Noch Tage danach erinnerten sie sich gern an dieses erfreuliche und doch aufregende Ereignis. Die bekannte und angesehene Familie, Gastgeber und Obrigkeit kam sogar Tage später ins deutsche Gästehaus, um sich nach dem Wohle ihrer fremden Freunde zu erkundigen. So war aus der Hotelsuche in Asien, ein herzliches Verhältnis zwischen Deutschen und Türken entstanden.

Herrliche Tage im deutschen Gästehaus direkt am Wasser entschädigten für alles, was sie bis zu diesem Zeitpunkt erlebt hatten. Sie verschmerzten sogar mit viel Humor den Verlust des neuen, teuren Schlafanzugs, den er von U.... für die Hochzeitsreise bekommen hatte. Er blieb verloren und war ein Obolus an das scheußliche Hotel am Bahnhof. Für den Rest der Reise war er jedoch auf den hellblauen „Babytoll" seiner jungen Frau angewiesen. So war wieder alles im Lot, auch wenn eines Tages, als sie nach einem Ausflug ins Gästehaus zurück kamen, der gesamte Putz der Wand, an der sein Bett stand, auf der Bettdecke lag. Ein kleiner Wasserrohrbruch hatte das Malheur ausgelöst.

Wer in Istanbul weilt, entwickelt auch den Wunsch das Schwarze Meer zu sehen. Dies war damals jedoch mit gewissen Schwierigkeiten und Auflagen verbunden, denn kurz vor der Mündung ins Schwarze Meer begann das russische Hoheitsgebiet. Niemand durfte es betreten, da es auch als militärisches Sperrgebiet ausgewiesen war. Nur russischen Schiffen war die Durchfahrt durch die Schwarzmeermündung gestattet. Für Passagierboote, die als Verkehrsmittel den Bosporus befuhren, war am letzten Ort Endstation. Für das letzte Stück bis zum Meer gab es ein „Dolmusch" (Sammeltaxi) für die Reisenden. Dies hielt sie jedoch nicht von der Reise ab. U.... wollte unbedingt das Schwarze Meer sehen, wenn sie schon in diesem Land weilte. Ausgestorben lag der Strand unter einem leicht bedeckten Himmel. Allein zusammen mit einem einsamen Bademeister verbrachten sie einige Stunden am Wasser. Dann ging es zurück zur Anlegestelle, um die Rückfahrt mit dem türkischen Schiff nach Üsküdar anzutreten. Noch war genügend Zeit bis zu Abfahrt. So bot sich ein Bummel durch den von der Welt vergessenen Ort. Alte, dunkelbraune, verwitterte Holzhäuser mit schwarz gekleideten, verschleierten Frauen davor bestimmten die Dorfidylle. Zurück am Hafen sprach sie eine kleine Gruppe Kinder in gutem Englisch an. Neugierig und wißbegierig wollten sie wissen woher die Fremden kamen und wohin sie wollten. Ein kurzes Gespräch und die Kinder luden sie ein und baten die Fremden mit in ihren Garten zu kommen. Warum nicht? Über zwei Stunden Zeit hatten sie noch bis zur Abfahrt und der Garten sollte ganz in der Nähe sein.

Lachend und plaudernd sprangen die Kinder um sie herum und freuten sich über die gelungene Abwechslung in ihrem ereignislosen Dasein. Im Garten ernteten sie die unterschiedlichsten Früchte und alle aßen zusammen und freuten sich über die zufällige Begegnung. Zur Erinnerung machte er einige Fotos, sah auf die Uhr und mahnte zum Aufbruch. Als sie den Garten verließen und einige Meter gegangen waren, kam ihnen ein schneidiger, fesch gekleideter, aufpolierter und sehr militärisch wirkender Polizist oder Soldat entgegen.

Breitbeinig stehend hinderte er die kleine, lustige Gruppe auf dem schmalen Weg weiterzugehen. Mit weißer Uniformjacke, weißer Mütze, schwarzem Schulterriemen und glänzender Koppel, schwarzer, ausgestellter Reithose und schwarzen Reitstiefeln, sich seiner Würde bewußt und den schwarzen Schnurbart mit der linken Hand streichend, steckte er dem rechten Daumen in seine Koppel. Eine imposante Erscheinung. Er hob die Hand und befahl auf türkisch, was der älteste Junge ins englisch übersetzte, daß die Fremden mitzukommen hätten und verhaftet seien. Ratlosigkeit und Tränen der kleinen Mädchen waren die Folge. U.... versuchte die kleinen Gastgeber zu beruhigen und er folgte mit Frau und Kindern dem im strammen Marschschritt zum Dorf schreitenden Polizisten. Plötzlich blieb er stehen, drehte sich um und sagte in scharfen Ton:

„You are Amerikan?"

„No", war seine Antwort und er Gestrenge drehte sich postwendend um und marschierte weiter. Nach einigen Metern blieb er wieder stehen:

„You are Englisch?"

„No", war wieder seine Antwort und zackig, etwas ratlos ging der Gestrenge im Marschschritt weiter. Gefolgt von einer Schlange niedergeschlagener, unsicherer Kandidaten. Wieder blieb er zum dritten Mal stehen:

Strahlend verkündete er:

„You are French!"

„No," kam es bitter zurück. Entsetzt starrte der militärisch durchgestylte, breitbeinige, schmucke Militärpolizist in sein Gesicht.

„What you are?" schrie er voll Verzweiflung.

„I am Allemande!" gab er ruhig zurück. Das Gesicht des Abkommandierten leuchtete auf, er ging auf Hans zu und umarmte ihn, küßte ihn beide Wangen, drehte sich um und marschierte weiter. Kurz darauf erreichten sie das Dorf und eine große Gruppe Dorfbewohner verweilte bereits erwartungsvoll unter der Dorflinde. Stolz und siegesgewiß marschierte der Polizist, wie der Rattenfänger von Hameln, mit den eingefangenen Fremden und den einheimischen Kindern im Gänsemarsch auf das größte Gebäude am Platz zu –

das Rathaus. Stumm verfolgten die Warten mit ihren Blicken die Gefangenen. Was wird nun geschehen? Die Szene erinnerte an amerikanische Filmausschnitte, wo die Schuldigen am Baum in der Mitte des Dorfplatzes gehängt wurden. Für U.... und ihn wurde es langsam mulmig, trotzdem versuchte er seiner frisch Angetrauten Mut zu machen.

In der ersten Etage empfing sie ein kleingewachsener Türke im frischen weißen Hemd und sauber frisiert hinter einem langen, hölzernen Schreibtisch in einem noch größeren Raum. Obwohl es ein sehr abgelegenes kleines Nest war, strahlte das Haus in seinem heruntergekommenen Zustand eine gewisse herrschaftliche Note aus, was die Ornamente an der Stuckdecke unterstützten.

Dieses kleine Palais hatte schon bessere Zeiten gesehen und vielleicht wohlhabende Fürsten des osmanischen Reiches beherbergt, bevor sie ins Schwarze Meer einfuhren oder von dort kamen.

Mehrere Stühle wurden gebracht und den Fremden höflich ein Platz angeboten. Unsicher und streng blickte der kleine, große Mann des Dorfes auf die Vorgeführten. Der kleine Türke, der Bürgermeister des Ortes, fragte in der Landessprache was ihr Begehr sei und was sie hier in der Region suchten. Nun erklärte er breit und ausführlich, daß sie auf der Hochzeitsreise sind auch einmal das Schwarze Meer sehen wollten. Brav übersetzte der Junge alles dem Herrn der Obrigkeit, der immer noch streng, ohne eine Miene zu verziehen ihnen bewegungslos gegenübersaß. Nach der eingehenden Reiseschilderung stellte sich für die Verhafteten die Frage, warum sie abgeführt wurden.

Lang und umständlich erklärte ihnen der Herr der Exekutive, daß sie sich hier in einem militärischen Sperrgebiet befanden, das direkt an die russische Grenze stößt und von Seiten der Türkei gesichert werde. Dies ist auch der Grund, warum es strengstens verboten sei zu fotografieren. Woher sollten sie das wissen? Und er bat um Verständnis. Ruhig aber bestimmt erklärte der kleine Türke, daß überall Hinweisschilder angebracht seien, mit dem Verbot das Militärgebiet zu betreten und nicht zu fotografieren. Hatten sie es nicht gesehen? Da waren Schilder, ja, in türkischer Sprache. Sie hatten sie also gesehen! Der Bürgermeister nickte. Er war sich sicher die Mißachtung sei straffällig. Aber niemand könne doch von Fremder verlangen türkisch lesen und schreiben zu können. Das leuchtet zwar ein, aber in ihrem Ort und im Speergebiet war noch nie ein Fremder und deshalb seien andere Schildern nicht notwendig.

Nach langem Hin und Her und alles mit Übersetzung, zog er seinen Skizzenblock, malte eine durchgestrichene Kamera und zeigte sie dem Oberhaupt. Dieser nickte, lächelte wohlwollend und bemerkte die Skizze eines Esels auf der anderen Seite des Blocks.

„Escheck," er deutete auf die Skizze und lachte.

Die Gelegenheit ergreifend zeigte er mehrere Skizzen und unterstrich seine künstlerische Arbeit. Nie und nimmer hatte er die Absichten zur Spionage. Sie waren nur der freundlichen Einladung dieser Kinder gefolgt. Das Gesicht des Oberhauptes strahlte. Er nahm das Telefon und schrie recht unflätig in den Hörer. Dann legte er auf und wieder lachte er. Das einzige was sie verstanden war einige Male das Wort „Escheck". Auch die Kinder lachten anhaltend und der Junge erklärte, daß sein Vater, er war der Sohn des Bürgermeisters, den Militärposten angerufen habe, welcher sie mit dem Fernglas entdeckte und beim fotografieren beobachtete. Er hätte ihm erklärt, der Mann den er sah sei ein Künstler, ein Artist, der einen Esel gezeichnet hätte und der Esel auf dem Block sei er.

Alle lachten gaben sich die Hand und freuten sich, ob des guten Ausgangs. Dann wurden Früchte, kühle Getränke für die Kinder und Tee für die Fremden gereicht. Der Bürgermeister ließ es sich nicht nehmen, seine Gäste, nun waren sie keine Gefangen mehr, die Treppe hinunter zu begleiten und sie an der Türe persönlich zu verabschieden.

Enttäuscht betrachteten, ohne zu begreifen was geschehen war, die Dorfbewohner das Szenario und die lachenden und fröhlichen Kinder die ihre neuen Freunde in heiterer Laune an den Hafen brachten und mit viel Geschrei verabschiedeten. Wieder waren sie eine Aufregung, aber auch ein Erlebnis reicher, das als schöne Erinnerung in den Bestand ihres Lebens Aufnahme fand.

Was war das für eine Reise. Ihr erster gemeinsamer Urlaub und dann so viele Abenteuer auf einmal. Es lag jedoch an der Zeit, an den Umständen und der Tatsache, nichts geplant oder organisiert zu haben. Sie fuhren einfach in die Welt, um zu sehen und erleben zu können. Auch wenn sich die Zeiten geändert hatten, an ihrer Lebensweise, ihrer Art zu reisen hatte sich auch in späteren Jahren nie viel geändert. Abenteuer und Chaos war meist angesagt, obwohl sie schon mehr vorbereiteten oder ein ortsansässiges Reisebüro die Durchführung organisierte.

Dennoch, diese Reise blieb einzig in ihrer Art. Selbst die Heimreise war mit einigen Aufregungen verbunden, als sie nach drei Wochen den Bosporus verließen. Gerade ein paar Wochen verheiratet wollten sie sich nochmals in der Schweiz niederzulassen. Diesmal aber in Basel.

Auf der Rückfahrt in den angestammten Kulturkreis gab es noch einige kurze aber unvergessene Erlebnisse. Gleich nach der türkischen Grenze in Nis stieg eine Bäuerin mit zwei Kindern ein. Großzügig bot sie allen Fahrgästen des französischen Abteils mit acht Sitzplätzen, etwas zu Essen aus ihrem Korb an und wollte die Milchkanne zum Trinken herumgehen lassen, was alle höflichst ablehnten, denn die hart gewordenen Milchreste der letzten Jahre gaben der Kanne nicht das entsprechende Aussehen. Die Kinder dagegen setzten sie sofort zum Trinken an den Mund und behielten für den Rest der Fahrt die weiße Zeichnung des Rahms im Gesicht. Die Bäuerin und das Mädchen hatten gegenüber von ihm Platz genommen. Der Junge ebenfalls etwa acht Jahre setzte sich rechts neben ihn. Gleich nach dem Trunk aus der unhygienischen Milchkanne bekamen die Kinder etwas aus dem Essenskorb. Nun hatte jedes der Kinder ein gekochtes, weiches, fettriefendes Hühnerbein in der Hand. Danach schlief die Mama sofort ein, ohne auf ihre Sprößlinge zu achten. Lang und breit wurde das tote Huhn gezogen und mit beiden Händen traktiert bis dem Jungen das Fett die Arme entlang lief. Um sich mit seiner Schwester kippeln zu können, stützte er sich mit der linken fetten Hand mehrmals bei ihm auf der Hose ab. Ermahnt etwas vorsichtiger zu sein, schlug er ihm als Antwort das Hühnerbein ins Gesicht. Die Aufregung hatte die Mama aus dem tiefen Schlummer geweckt. Sie nahm beiden Kindern ihre Waffen ab, packte ein und stieg aus, denn der Zug fuhr gerade in den Bahnhof einer kleinen Stadt ein. Bis Belgrad war es ruhig aber dann wechselte das Publikum.

Ein junger Italiener und eine Jugoslawin nahmen Platz. Der liebesheischende Südländer bot seinen ganzen Charme auf und lächelte beständig sein schüchternes Gegenüber an. Selbst ein einfaches Gespräch war nicht möglich, denn der junge Mann sprach nur italienisch. Er bat seine Mitreisenden zu helfen. Mit seinem bescheidenen Wortschatz versuchte er die italienischen, überschwenglichen Amore-Beschwörungen, den Flirt, ins englische zu übersetzen. In Venedig zeigte sich bereits der Erfolg des Dolmetschers. Beide stiegen Arm in Arm miteinander aus. In Venedig herrschte zu diesem Zeitpunkt ein scheußliches Unwetter. Die Lagunen waren braun und aufgewühlt und boten keinen Grund im romantischen Venedig auszusteigen. Was waren sie froh, gezwungener Maßen schon auf dem Hinweg hier Station gemacht und am Gondelfest teilgenommen zu haben. Wie sagte schon damals seine junge Frau:

„Man weiß nie, für was es gut ist."

IX

An den Rest der Reise konnte er sich nicht mehr erinnern. Sie hatten sich in Basel ein Zimmer gesucht und wollten nur noch ihre hölzerne Seemannskiste am Zoll abholen. In ihr waren alle wertvollen Hochzeitsgeschenke der Eltern und Verwandten wie Silber, Kochtöpfe, Dampftopf und Wäsche, eben alles was der Mensch zur Gründung eines eigenen Hausstandes benötigt. Die Nachfrage beim Zoll des Schweizer SBB-Bahnhofs, wohin die Kiste geschickt wurde, verlief normal, doch die Kiste mit dem deklarierten Eigentum war nicht zu finden. Große Aufregung, aber sie war nicht vorhanden. Was sollen sie machen? Hörten die unangenehmen Überraschungen denn nie auf? U.... schüttelte ihre blonden Locken als er ihr verkündete, einmal beim Badischen Bahnhof nachzufragen. Es sei der Inlands-Bahnhof und sehr unwahrscheinlich, dort die Kiste zu finden. Sie mußten aber alles unternehmen um ihr teures Hab- und Gut zu suchen. Und sie hatten Glück, dort stand die Kiste ganz friedlich ohne Zoll. Die Frage war nur, wie konnten sie die Sachen wieder ausführen, wenn es einmal in die Heimat zurückgehen sollte, da die Wertgegenstände nicht deklariert waren? Das war aber in diesem Moment nicht die Frage. Hauptsache war die kostbaren Hochzeitsgeschenke, das Silber, das Porzellan und die Wäsche, ihr ganzes Hab und Gut, wieder in Reichweite zu haben.

Es begann eine schöne ruhige Zeit in Basel. U.... war zur Hausfrau geworden und wartete jeden Abend sehnsüchtig auf ihren Angetrauten. Die Basler Fastnacht und kleiner Ereignisse folgten, an die er sich bis auf den Zwischenfall mit einem Schweizer Polizisten kaum noch erinnerte.

Sie waren an einem Samstagnachmittag mit dem Fahrrad unterwegs und wollten auf eine Hauptstraße einbiegen. Es war kaum Verkehr. Er wartet an der Stoppstraße, hielt an, nahm den Fuß herunter und wartete bis der langsam fahrende von rechts kommende Polizist auf seinem Motorrad die sonst leere Straße freigemacht hatte. Dann trat er an und rief U.... zu durchzufahren, da die Straße frei sei. U.... tat, wie ihr geheißen. Sie bogen nach rechts ab als sie der Polizist mit seinem Motorrad, er hatte gewendet, überholte und stoppte. Sie sei nicht korrekt an der Stopstraße abgestiegen. Er erklärte dem Verkehrsüberwacher korrekt mit den Fuß auf der Fahrbahn gehalten und seine Frau aufgefordert zu haben weiter zu fahren, da die Straße frei sei. Als der Polizist hörte zwei Deutsche vor sich zu haben, wurde er böse. Als Deutsche, die doch immer so korrekt seien, müßten sie wissen, daß das Verhalten der Frau nicht der Vorschrift entsprach und man sich im Ausland wenigstens richtig verhalten sollte. Hitler hätte ihnen doch Gehorsam beigebracht. Das war der Höhepunkt. Er fragte was er schuldig sei und zückte seine Geldbörse. Mit weiteren Beschimpfungen und dem Hinweis sich zukünftig wie Deutsche korrekt zu verhalten, entließ er sie und brauste auf seiner Maschine selbstbewußt davon. War er ein echter Schweizer? Nach einem Jahr kam der Aufbruch zurück in die Heimat, wo er in München auf die Schule gehen wollte.

X

Die Anfänge in München waren schlimm, denn aus dem Wohlstand mit gutem Verdienst glich die Wiedereingliederung in der Heimat fast einem bösen Absturz in die Armut. Es gab keine Wohnung ohne verlorenen Baukostenzuschuß, der für eine kleine Einzimmer-Wohnung fünfzehnhundert D-Mark betrug, damals ein Vermögen, und bei seinem Verdienst vier Monatsgehälter ausmachte. Hier half die Oma, die ihrem einzigen Enkel und der angetrauten „Enkeline" das Geld schenkte und so zur Eingliederung in die alte Heimat beitrug.

Neben der Schule, die ihn zur Lehrmeisterprüfung führen sollte, arbeitet er in seinem Beruf, um sich und U.... in der kleinen Wohnung durchzubringen.

In der kleinen Wohnung traf er sich auch mit anderen Kommilitonen, um für die Prüfung zu lernen. Zur Halbzeit kam eine Überraschung auf die junge Familie zu. U.... war schwanger und erwarteten im Dezember das freudige Ereignis. Obwohl die werdenden Mama gegenüber den stämmigen Münchnerinnen klein und zierliche war, konnte auf dem Oktoberfest Ende September niemand sehen was anstand. Seine Kollegen wunderten sich, als er zwei Monate später verkündete, Vater zu sein. Ihre „Bavarias", waren weitaus unförmiger, ohne auf zukünftigen Nachwuchs zu warten.

In dieser Zeit lernte er auch den originellen „Spinner" Alfred Bodemer kennen. Ein junger Mann mit schwarzer, struppig gelockter Mähne auf dem Kopf und leichtem Ansatz zum Bart. Er war ein kräftiger, untersetzter Bursche, hatte etwas Dämonisches an sich und sprach wie der große

Kortner, den er sehr verehrte. Er deklamierte im Alltag wie auf der Bühne und malte meist knöcherne Hände und faltige, verknautschte Gesichter alter Leute aus seiner Phantasie. Ein typischer Vertreter verkrachter Künstlerexistenzen. Meist kam er am Morgen zu spät zum Dienst. Das laufende Zuspätkommen verärgerte den dienstbeflissenen Vorgesetzten so sehr, daß er ihm drohte, ihn das nächste Mal zu kündigen. Herbert Bodemer erschien am nächsten Morgen nicht. Am übernächsten Tag stellten ihn die neugierigen Kollegen zur Rede und er erzählte eine unglaubliche Geschichte:

Er sei, so sagte er, mit seinem Fahrrad, er hatte ein altes, rostiges Vehikel mit Karbidlampe, ein vorsintflutliches Modell, durch den Englischen Garten gefahren, als ihn plötzlich eine unsichtbare Hand packte, ihn herumdrehte und als er wieder zur Besinnung kam, war er zu Hause.

Und das erzählte er, zum Gelächter aller, in einer theatralischen Stimmlage und mit der dramatischen Gestik eines Kortner Schülers. Nur die urigen, bayerischen Typen unter den Kollegen schüttelten verständnislos den Kopf und begriffen nicht was sie soeben gehört hatten. Bodemer war einfach ein liebenswerter „Spinner".

Um tagsüber mehr Zeit für die Schule zu bekommen wechselte er die Stelle und auch Bodemer kam einige Wochen später zu dieser Firma, denn sie hatten ihn entlassen. Es waren ein bunter Haufen von Idealisten, Künstler und ein verkannter Hochschullehrer. Ein netter Kreis herrlich verrückter Leute, die in ihrer Freizeit Marionetten bastelten, malten, Opernkonzerte hörten und die unterschiedlichsten Schnupftabaksorten mitbrachten, um sie im Kreis der Schnupfer auszuprobieren. Sie rauchten zusammen ihre Pfeifen mit selbst gebeizten Tabaken, machten Tonbandaufnahmen und lebten in einer Welt, jenseits der Realität. Der Dozent Ernst Bretting, verhuscht aber liebeswert und hilfsbereit versprach einem Kollegen ihn mit an den Bahnhof zu nehmen, vergaß es aber und fuhr abends an seinem Kollegen vorbei. Als der Wartende vor dem Tor verzweifelt zu winken begann, winkte der freundliche Dozent zurück. Eben ein netter Mensch.

Es passierte auch, daß einer seiner Freunde bei ihm zu Hause seine Schlüssel hatte liegen lassen, nett wie er war, setzte er sich sofort ins Auto, fuhr zu seinem Bekannten, um ihm die vergessenen Schlüssel zu bringen, traf niemanden an und warf die Schlüssel in den Briefkasten. Ein Unding, denn wie hätte der Freund ohne seine Schlüssel die Schlüssel aus dem Kasten herausnehmen können? Aber nicht genug, als er wieder zu Hause war, stellte er fest, er hatte aus Versehen seine eigenen Schlüssel in den fremden Briefkasten geworfen. Er war eben ein verhuschter Professor, der sich auch die Tafelkreide in den Mund steckte, weil er in Gedanken versunken glaubte, seinen geliebten Zigarrenstummel in den Fingern zu haben. Eine verrückte Zeit mit liebenswürdigen, verrückten Leuten. Eine schöne Zeit.

XI

Aus Angst vor Verwechslung wollte U.... nicht im Krankenhaus entbinden. Mit einer netten, älteren Hebamme hatte sie den zu erwartenden Termin abgestimmt. Bereits zwei Wochen vor der Zeit setzten nachts die Wehen ein. Es war zwei Uhr. Helle Aufregung. Er rannte zum Telefonhäuschen rief die Hebamme an und richtete alles, was sie ihm aufgetragen hatte. Babykorb, Windeln und alle notwendigen Utensilien legte er bereit. Was würde es werden? Ein Junge oder ein Mädchen. Er hatte sich ein Mädchen gewünscht. Ob U.... es ihm schenken würde? Warten war angesagt. Noch nie hatte er eine Entbindung erlebt und ahnte nicht was auf ihn zukam. Zum Glück war die Hebamme sofort da. Heißes Wasser, Schüsseln und Tücher hielt er bereit. Die Wehen begannen normal und langsam, wurden stärker und er konnte nicht helfen. Die Einzimmerwohnung war klein, und für einen nervösen, werdenden Vater bot sie wenig Auslauf. Dann war es so weit. Die Endphase begann und schon war der Kopf zu sehen, aber nicht ob es männlich oder weiblich war. Dann der leise Aufschrei der Hebamme. Jetzt mußte es schnell gehen, denn das Kind hatte die Nabelschnur um den Hals. Auch noch zweimal. Er machte genau das, was ihm die Hebamme befahl. Sie schafften beide. Was immer es auch war er erfüllte sorgfältig seine Aufgaben. Aber es klappte bevor die Luft des bläulich anlaufenden Kleinen wegblieb. Erst dann hatte die Hebamme und er Zeit sich um die Fragen der Wöchnerin zu kümmern und zu berichten was sie geboren hatte.

Er hatte eine Tochter, eine Münchnerin. D..... sollte sie heißen. Es war halbsieben Uhr am Morgen. Winter, Schneefall, es war kalt. Sie schrieben den 9. Dezember 1959. Die mit Spannung erwartete Nachricht wurde von beiden Familien in Nürnberg und Frankfurt mit großer Freude aufgenommen. Ihre Mutter kam mit dem Zug und übernahm die Pflege von Mutter und Kind.

Ab dem Frühjahr schien die Sonne warm in die Ein-Zimmer-Wohnung im Parterre. Von hieraus hatten sie einen Blick auf den großen Innenhof der im Karree stehenden vierstöckigen Häuserblocks. D..., wie sie kurz genannt wurde, wartete als sie krabbeln konnte all abendlich, wie ein kleiner Hund an der Wohnungstüre auf den Papa. Nach den ersten warmen Sonnenstrahlen konnte der altmodische Korbkinderwagen in einen modernen Sportwagen umgetauscht werden und die junge Mutter ging stolz mit ihrem Sproß promenieren.

Wie sagte Sachs in den Meistersingern? „....wer als Meistern geboren, der hat unter Meistern den schwersten Stand." Deshalb hatte er sich schon vor der Abschlußprüfung seiner Lehrmeisterprüfung auf eine Stellenanzeige in Darmstadt beworben. Die Stelle bot einen zusätzlichen Anreiz, war sie doch verbunden mit einer Dreizimmer-Wohnung im Neubau. Hier kam die Wende. Den Beruf hing er an den Nagel, um seine fachlichen Erfahrungen und Kenntnisse auf der kaufmännischen Seite zu nutzen. Endlich aufatmen in der kleinen Familie, denn das Gehalt war das Vierfache seines Starts in München.
Als er im Dezember, frühmorgens in stockfinsterer Nacht und bei leichtem Glatteis seine praktische Prüfung für den Führerschein hinter sich gebracht hatte, mieteten sie tags darauf einen dunkelroten Opel Record mit moderner Lenkradschaltung und fuhren stolz mit Kind und Kegel nach Wies-

baden. Nichts ahnend, eine Stadt mit vielen extrem steilen Straßen vor sich zu haben, bog er von der Hauptstraße aus links ab und stand völlig verzweifelt am Berg, ohne zu wissen was er tun sollte. Bergfahren hatte er nie geübt und klemmte in diesem Moment hilflos hinter dem Steuer bis ihn eine offene Einfahrt als Ausweichmöglichkeit rettete. Danach durfte er, um in Übung zu bleiben, am Wochenende mit dem Auto des Schwiegervaters trainieren.

D... der stolze Sproß der Familie, blond ein feines Persönchen, immer darauf bedacht sich nicht schmutzig zu machen, war der Sonnenschein aller. In den Sommerferien fuhr die Familie mit dem Zug nach Spanien an die Costa de Sol. U.... hielt sich bei anstrengenden Unternehmungen diskret zurück, denn als werdende Mutter sollte sie sich schonen. Im April, D... war bei der Oma in Frankfurt, war es so weit. Wieder stand eine Hausgeburt an und die Hebamme, eine große, ältere, unnahbare, barsche Frau, stand der erneuten Aufregung gelassen gegenüber. Im dunkelbraunen, langen Mantel, die Haare zu einem Knoten am Hinterkopf zusammengedreht besah sie sich die Umgebung von oben herab und fand alles ganz normal. Niemand müsse sich wegen der Geburt Sorgen machen, so ihr Credo.

Wieder begannen nachts die Wehen. Es war halbvier Uhr am Morgen. Ein Telefonhäuschen gab es noch nicht in der Nähe des Neubaugebietes. Völlig mit den Nerven am Ende, klingelte er den Nachbarn in der zweiten Etage aus dem Bett. Es dauerte bis er Herrn Stier wach hatte, einen Grafiker und Telefonbesitzer sowie Kunde seiner Firma. Aber die Hebamme mußte gerufen werden. Die aber auf der anderen Seite des Telefons nicht begreifen wollte, warum er so aufgeregt war. Sie würde schon kommen, er solle ganz ruhig sein, da erfahrungsgemäß noch Stunden Zeit bis zur Geburt seien. Er rannte wieder nach oben, die Wehen kamen in schneller Folge. Durch die erste Geburt hatte er ein wenig Ahnung und rannte sofort wieder eine Etage tiefer, klingelte den Nachbar erneut aus dem Bett und bat um schnelle Hilfe. Die Hebamme etwas aufmerksamer sagte ein früheres Kommen zu und hängte auf. Zurück im Schlafzimmer bereitete er stark erhitzt alles für die Geburt vor. Er war völlig in Schweiß gebadet. Beruhigte die Gebärende, besorgte heißes Wasser, stellte die notwendigen Schüsseln bereit und die entsprechenden Laken. Die Endstufe war erreicht und die Fruchtblase geplatzt. Nun war es sicher, er würde alleine sein mit U.... und ihr Kind zur Welt bringen. Gespannt, mit allen Sinnen und der letzten Kraft war er bemüht sich an die erste Geburt zu erinnern, um alles richtig zu machen. Die schwarzen Haare des neuen Erdenbürgers waren schon zu sehen. Da klingelte es. Zwischen Geburt und Aufregung öffnete er die Tür und die Hebamme ließ nur noch den Mantel in der Diele fallen, um das Neugeboren in Empfang zu nehmen, denn in der Zwischenzeit hatte es sich mit der letzten Wehe selbst von der engen Behausung der letzten neun Monate befreit.

Leise ging er, als alles vorbei war, die Hebamme hatte genug mit Mutter und Kind zu tun, ins Wohnzimmer und legte sich so schnell er konnte auf die Couch, um nicht vor U.... in die Knie zu gehen. Es war mehr, als er am frühen Morgen vertragen konnte. Ein zweites Mädchen, C......., genannt T...... gehörte zur Familie. Drei Frauen hatte er nun. Doch wer war der Star?

Drei Tage später erzählte er voller Stolz seinem Haupt-Kunden aus München am Telefon die zweite Tochter zu haben, was er sich gewünscht hätte. Seine überschwengliche Begeisterung beeindruckte sogar Herrn Hinz am anderen Ende des Telefons, der sich mit den Worten entschuldigte:

„Ich habe nur einen Sohn," sich aber sofort besann und korrigierte, „was heißt bloß einen Sohn?" und gleich darauf lachend betonte, „ich habe *einen* Sohn!!"

Wieder hatte ihn die Musik gepackt. Er sang im Darmstädter Stadtkirchenchor. Bachkantaten und Messen standen auf dem Programm. Mit der Messe von Pepping hatte der Darmstädter Kirchenchor am Karfreitag einen Fernsehauftritt. Doch nach knapp drei Jahren ging die kurze Etappe in Darmstadt zu Ende. Mit einer Anstellung in Offenbach bei einer befreundeten Firma versuchte die Familie einen festen Standort in Deutschland zu finden war gerade sechs Wochen alt als der Umzug begann und auch das erste Auto, wenn auch gebraucht, vor der Türe stand.

Sie bezogen wieder eine Dreizimmer-Wohnung in der ersten Etage. Das Schlafzimmer lag direkt an der Wand des nachbarlichen Wohnzimmers. Unglücklicherweise standen auch ihre Betten mit dem Kopfteil an dieser Wand. Einmal in der Woche waren sie zur langen Nacht verdammt, da in der Nachbarwohnung regelmäßig freitags gefeiert wurde. Die Nachbarfamilie mit drei Kindern, einem Jungen und zwei Mädchen feierten jeweils am letzten Arbeitstag der Woche ihre Party. Es war unmöglich auf der anderen Seite der dünnen Wand die müden Augen zu schließen. Wie es aber so unter jungen Nachbarinnen mit kleinen Kindern üblich war, wurde über alles gesprochen, was sich so im Laufe der Woche zugetragen hatte. In diesen Gesprächen kamen auch die lauten Freitagabende, die sie am ruhigen Schlaf hinderten, in die Unterhaltung. Statt sich zu entschuldigen und Besserung zu geloben, erzählte die Nachbarin von zwei Ehepaaren, die jeden Freitag zum gemeinsam Fernseh-Krimiserie „Kommissar Magret" kamen. Wenn das aber stören sollte, dann wäre es einfacher, wenn auch sie als Nachbarn dazukommen würden. So wurde aus der gestörten Nachtruhe eine Freundschaft. Nicht nur eine Freundschaft der Erwachsenen, sondern auch eine Freundschaft die ihre Kinder auf immer verband. Die Wohnungstüren blieben in den folgenden Jahren meist offen und die Kinder aßen dort, wo es ihnen am besten zu schmecken schien. Als die Nachbarn nach Jahren auszogen, sie hatten gebaut, blieb diese Freundschaft erhalten.

T... wuchs heran und beide Mädchen erhielten das Schlafzimmer als Kinderzimmer. Sie teilten sich schwesterlich den größten Raum in der Wohnung. Bei kleinen Schwierigkeiten zog D..... ganz einfach einen weißen Kreidestrich im Zimmer, den T... nicht überschreiten durfte. So lösten sie ihre kleinen, schwerwiegenden Streitigkeiten und Probleme auf mädchenhafte Weise. Trotz dieser normalen Meinungsverschiedenheiten, waren sie sehr auf einander angewiesen, denn T..., zu bequem richtig sprechen zu lernen, holte jedes Mal ihre größere Schwester als Dolmetscher. D..... als Vice-Mama sorgte sich mit vollem Einsatz um die jüngere Schwester und war stets darauf bedacht an ihrer Seite zu sein. Gleich ob es um „Rädchenfahren" ging oder die neuen Rollschuhe ausprobiert wurden. T...... konnte mit ihrem Kinderrad fahren, aber weder aufsteigen noch absteigen. Sie schrie nach ihrer D..., die dann im Dauerlauf versuchte die rasende Schwester abzufangen und das Rädchen zum Stehen zu bringen. Genau so ging es beim Anfahren. Die Jüngste ließ sich, sitzend auf dem Rad, von ihrer Schwester anschieben. Passierte aber beim Abspringen ein kleines Unglück, eine unbedeutende Schramme, rannte die Große, um schnelle Hilfe oder notwendiges Verbandszeug zu holen, denn sie hatten beim genauen Hinsehen sogar Blut in der furchtbaren

Schramme entdeckt. Diese Jahre in der Ahornstraße prägten beide für ihr ganzes Leben. T... hielt die Freundschaft zur gleichaltrigen Heike, die jüngste Tochter der befreundeten Nachbarn bis in die heutige Zeit. Es waren schöne, glückliche Zeiten. U.... bekam ihr erstes Auto. Ein gebrauchter, kleiner Fiat 700. Gleichzeitig stieg die Familie auf Peugeot um und übernahm nach dem grauen Opel, einen dunkelblauen 403. Es ging aufwärts.

Eine schöne Zeit, die Ahornstraße. Es war die Sturm- und Drangzeit. Für die Kinder nicht immer ganz einfach. Karneval wurde noch großgeschrieben. Partys gab es der Reihe nach. Immer fand jemand einen wichtigen Grund zu feiern. „Hippipartys" oder zur „feschen Lola", eine Kneipenparty mit feschen Mädchen und schrägen Jungs. Dann räumten sie die Wohnung aus, malten auf braunes Packpapier wochenlang riesige Dekorationen und beklebten die Wände der Wohnung. Am frühen Morgen saßen die Gäste alle im Flur und warteten auf U..... herrlich riechende Gulaschsuppe und den noch stärker duftenden Zwiebelkuchen, der im Herd auf die hungrigen Mäuler wartet. Wer würde heute noch so etwas machen? Die ehemaligen Nachbarn hatten gebaut, waren ausgezogen. Bei ihnen wurde der Keller zum Partyraum und regelmäßig zum Rosenmontag dekoriert. Immer war sein künstlerischer Einsatz gefragt, wenn es ums Vergnügen ging. Längst hatte er den Beruf gänzlich an den Nagel gehängt und war in die Werbung eingestiegen.

Zuerst als Produktionskontakter für die Automobilindustrie, dann als Werbeleiter bei einem Außenseiter einem kleineren Nordlicht mit der Auflage fast monatlich nach Schweden zu müssen. Es war turbulent in diesen Jahren. Noch heute staunte er, was er zusammen mit seiner U.... alles gemacht hatte. Wie viel Elan er hatte und nimmer müde durch die Welt zu rasen.

Es war auch die naturverbundene Zeit des großen „Halali". Sie machten beide die Jägerprüfung und fuhren jedes Wochenende auf die

Jagd. Er hatte das Erbe seines Großvaters väterlicherseits angetreten, der ein großer Jäger vor dem Herrn war. Großvater, der bereits im ersten Weltkrieg in Frankreich gefallen war, hatte mangels eines Fotoapparates sein gestrecktes Wild sowie seine Hunde mit Kopierstift in seinen kleinen Taschenkalender gezeichnet. Diese Zeichnungen waren für ihn die ersten Begegnungen mit der Malerei. Bevor er schreiben und lesen beherrschte malte er einen guten Sechserbock und einen Spießer gekonnt aufs Papier. So war heimlich sein Ahn in ihm erwacht. Nicht nur seine Leidenschaft für die Jagd auch die künstlerische Ader seines Großvaters hatte er kultiviert und somit schloß sich der Kreis der Generationen.

„Waidmannsheil" war der neue Schlachtruf. Mit Kind und Kegel zog es die ganze Familie hinaus ins saftige Grün und in den schattigen Wald. Aber nicht nur zur Jagdzeit, auch während der Schonzeiten gab es viel zu tun. Im Revier des Jagdherren wurden hohe Leitern als versteckte Ansitze gebaut, Hochstände repariert und nach jeder getanen Arbeit das Objekt mit Bier und Schnaps neu getauft, gefeiert und alles mit den entsprechenden Namen versehen. Karten vom Revier wurden anfertigen und ausgiebig beschriftet. Fotos wurden vom dem zu jagenden Wildbret mit einem riesigen Teleobjektiv gemacht und katalogisieren. Das war nun der wöchentliche Freizeitsport der Familie. Mit Trittbrettfallen aufstellen und dreimal am Tag kontrollieren, das kleine, gefangene Raubzeug abgebalgt und präpariert, das Wild im Winter mit Trester und Kofu füttern sowie Pirschwege anlegend, verbrachten die Familie viele Stunden in frischer Waldluft. Es war gesund und Wildhege mit Jagd vom Feinsten. Mit viel Freude an der Natur war die ganze Familie mit Begeisterung bei der Sache.

Wer vom Jungjäger zum Jäger aufsteigen wollte, mußte einige Jahre bei einem Jagdherrn auf die Pirsch gehen. Das bedeutete oft, auch in der Nacht anzusitzen und nachts bereits den Platz auf dem Hochsitz einzunehmen. Wer aber geht freiwillig nachts in den Wald? Auch er hatte vor seinem ersten Nachtansitz morgens um drei Uhr so seine Bedenken, aber einmal mußte es sein, denn ab vier Uhr wurde es hell. Mit Gewehr, Rucksack, Pistole und Messer bis an die Zähne bewaffnet wurde er vom Jagdherrn mit dem Jeep an der besprochenen Stelle abgesetzt. Der Wagen verschwand in der mondhellen Nacht. Er stand an einer Wegkreuzung und sollte am Waldrand entlang in Richtung des ihm genannten Hochsitzes gehen und Stellung beziehen. Noch nie war er nachts im Wald gewesen. Er atmete tief durch. Es war unheimlich. Ein Kauz schrie seinen schaurigen Klageruf und der Wind rauschte leise in den Baumwipfeln. Vorsichtig und so leise wie möglich versuchte er den Waldrand zu erreichen. Nichts war zu hören. Das Dorf schlief in der leicht erhellten Talmulde und er bog in den Weg an einer eingezäunten Weidefläche kurz vor dem Waldrand ein. Langsam und bedächtig setzte er Fuß vor Fuß mit einem unguten Gefühl in der Magengrube. Plötzlich vernahm er im gleichen Rhythmus Schritte hinter sich. Er blieb stehen ohne sich umzudrehen. Die Angst stieg ihm hoch in den Hals. Auch die Schritte hinter ihm hielten an. Es war still. Langsam setzte es seinen Weg mit hohem Pulsschlag fort, getraute sich aber nicht umzudrehen. Wieder waren die Schritte hinter ihm als leichtes Tappen zu hören. Die Frage war, wie sollte er sich verteidigen, mit dem Gewehr oder mit der Pistole? Vorsichtig nahm er sein Gewehr von der Schulter, entsicherte es, blieb stehen und drehte sich ruckartig um. Auch die Kuh, die innerhalb der Einzäunung einige Schritte hinter ihm herlief, blieb im selben Augenblick wie angewurzelt stehen nichts ahnend einem geladenen entsicherten Gewehrlauf gegenüberzustehen. Die Spannung fiel von ihm. Von diesem Tage an war alle Angst, nachts in den Wald zu gehen, vergessen und er schlief später sogar gerne die ganze Nacht auf den Kanzeln mitten im dunklen, manchmal verschneitem Wald.

Viele Episoden aus dem Jagdlatein hatten sich in den Jahren des naturverbundenen Engagements ereignet. Treibjagden, Hundeprüfungen, Bläsertreffen. Sie hatten beide die Liebe zum Jagdhornblasen entdeckt und U.... errang neben den anderen Spangen mit ihrer Gruppe bei den Verbandwettbewerben, an denen sie teilweise alleine teilnahm, sogar die goldene Hornfesselspange als Bundes- und Landessieger. Was hatten sie nicht alles zusammen gemacht. Alle Leidenschaften und Ambitionen seinerseits hatte sie mit ihm geteilt. Wie damals bei der Hochzeitsreise stand sie immer zu ihm, teilte alle seine Freuden und Leiden und war der Partner, den er sich immer gewünscht hatte. Alleine hätte er vieles nicht erlebt oder durchgeführt, auch wenn er oft die Ideen dazu hatte, denn den letzten Nerv es auch zu machen, war nicht seine große Stärke.

Die größer werdenden Töchter hatten sie damals gezwungen eine Vierzimmerwohnung zu suchen. Jede sollte ihr eigenes Reich haben. Direkt am Main fand man ein neues Domizil. Dennoch entschieden sie sich, nachdem sie sich anfangs mit dem Vermieter über den Verkauf der Wohnung nicht einigen konnten, ihre hohe Miete nutzbringender anzulegen. Bald war ein Grundstück mit einem Rohbau in Mühlheim gefunden. Nicht einfach, aber jung wie sie waren, eine Möglichkeit, ein eigenes Nest zu bauen.

Kurzfristig sagte der Verkäufer ab, denn andere Bewerber hatten den Zuschlag bekommen. Enttäuscht nahmen sie das angesparte Geld und flogen etwas frustriert nach Mallorca. Sonnige vierzehn Tage begannen und langsam beruhigten sich ihr Gemüter. War es nicht dieses Objekt, so wartete bestimmt ein anderes auf sie.

Nach der Rückkehr aus dem Urlaub fanden sie ein Schreiben in der Post, womit sie aufgefordert wurden sich beim Verkäufer nochmals zu melden. Der andere Bewerber sei während der Vertragsunterzeichnung beim Notar vom Kauf zurückgetreten, da die Finanzierung nicht ausreichte. Deshalb die Frage, ob er und seine Familie noch Interesse an dem ausgeschriebenen Objekt hätten?

Die große Beratung begann. Die Grundlage der Finanzierung war im Urlaub, in Spanien geblieben. Schnelles Rechnen war gefragt. Irgendwie wird es gehen. Die Eltern wurden gefragt, sie rieten ab, machten sich Sorgen, daß die junge Familie ins Unglück stürzen könnte.

Sie wagten es trotzdem. Die beiden ursprünglich geplanten Wohnungen im Haus waren zu klein für sie und mußten dringend umgestaltet werden. Zwecks Finanzierung wurde das Haus umgebaut und blieb auch danach noch ein Zweifamilienhaus. Ein riesen Schritt in die richtige Richtung.

An die viele Arbeit und den Ausbau, sie hatten nur einen Rohbau gekauft, mochte er nicht denken. Von der Heizung, den Fenstern, den Putz bis hin zum Ausbau des Daches mußte alles geplant und durchgeführt werden. Selbst der Garten war ein Problem, denn auf der Fläche stand einst eine Werkshalle, deren gegossene und gemauerte Bodenfläche noch zu beseitigt war. T... beförderte mit ihren Schulfreunden achtundvierzig Kubikmeter gekauften Mutterboden mit Schubkarren an einem Nachmittag durch die enge Einfahrt. Sie war es auch, die beim Ausbau des Daches vollen Einsatz zeigte.

Dieses große Ereignis berührte ihn heute nicht mehr so tief und eindrucksvoll wie die Erlebnisse früherer Jahre.

Die Kindheit, die Jugend, die erste große Liebe, die Gründung einer Familie, sie waren die wirklich lebenswichtigen Einschnitte. Alles andere war schön oder dramatisch, aber das Leben, sein Leben gestalteten andere Einflüsse. Sicher alles gehörte dazu, auch wenn er sich nicht mehr so intensiv daran erinnern konnte oder mochte. Schöne Stunden hatten sie immer zusammen erlebten.

Es dunkelte. Plötzlich erwachte er. Hatte er geschlafen? Ein schwarzer mächtiger Schatten stand vor ihm oder täuschte er sich? Wer sollte es sein? Er kannte die Umrisse nicht. Und doch erinnerte ihn die Gestalt, wenn es überhaupt eine Gestalt war an, nein, daran wollte er jetzt nicht denken. Sollte er jetzt endgültig Abschied nehmen? Kündigte es sich so an oder war es nur eine dieser trügerischen Halluzinationen? Sein Atem ging schwer, schwerer als sonst. Viele Gedanken gingen ihm durch den Kopf. Er war allein. Mußte oder sollte man in solchen Situationen allein sein? Er wußte es nicht. Er dachte an das alte chinesische Sprichwort: „Wie die Hirten ihre Kühe aufs Feld treiben, so treibt uns Alter und Tod. Oder sterben wir in ein neues Leben? Wer konnte es wissen?

Wie oft hatte er darüber nachgedacht was sein wird. Wie oft hatte er sich die nicht zu beantwortende Frage gestellt? Was konnte danach kommen? Ob es ein plötzliches Ende gibt oder das kurze, lange Leben nur eine Vorbereitung für die nächste Ebene darstellt? Ebenen gab es, da war er sich sicher. Allein schon die Traumebene war real. War es real was im nächtlichen Traum erlebt wurde? Immer fragte er sich ob das Leben oder der Traum der Wirklichkeit entsprach. So wie er sich oft den Kopf zerbrach was Farben in Wirklichkeit sind. Wie sah unsere Welt überhaupt aus, wenn Farben nichts anderes als nicht absorbierte Lichtwellen sind? War sie grau unsere Welt? Oder hatte sie gar keine Farbe? Daraus folgerte er, daß alles was der Mensch erlebt, was er glaubt, was er sieht, was er für real hält, genauso anders sein könnte. Eine spannende Frage aus der sich schon sehr früh die unterschiedlichsten Glaubensrichtungen ableiteten.

150

Viel hatte er gelesen und eine Antwort gesucht. Immer kam er zum selben Schluß und war überzeugt dem allumfassenden System anzugehören. Was waren schon fünfzig oder siebzig Jahre gemessen an der Existenz unserer Erde? Was waren fünfzig oder siebzig Millionen Jahre, gemessen an der Weite des Universums? Stand nicht alles im gleichen Verhältnis? War das ständige Kommen und Gehen nicht auch ein wichtiger Bestanteil im gesamten System?

Selbst die unterschiedlichen Rhythmen der Natur, ob Sonne, Jahreszeiten oder die der Menschen ergaben beim Übereinanderlegen der unterschiedlichen Kurven wieder neue Rhythmen, die ihre Zeit und ihre Ereignisse wiederspiegelten. Er hatte sich jahrelang die Mühe gemacht, um diese Erkenntnisse zu verfolgen. Gleichzeitig erkannt er, wie sehr der Mensch in das System eingebunden war und nichts dagegen tun konnte.

Das alljährliche Kommen und Gehen in der Natur zeigte ihm spiegelbildlich das Auf und Ab im Lebenslauf. Jeder Baum, selbst der kleinste Garten wies die Richtung was mit gleichmäßigem Rhythmus gemeint war. Es ist das System, dem jeder unterliegt, dem sich niemand entziehen kann. Jederman ist eingeschlossen und ein Teil des Teils, wie Goethe Mephisto sagen läßt. Wo ist das Oben und wo das Unten? Das Gute und Böse? Gibt es überhaupt diese vom Menschen bestimmten Unterschiede? Oder sind es die Gegensätze, die alles in der Balance halten? Es gibt keinen Schatten ohne Sonne. Was ist gut, wenn es nichts Böses gibt? Was kalt ohne Wärme?

Das Hauptmotiv dieser Philosophie wurde von bestimmten Institutionen genutzt, um den kleinen Leuten das Geld leichter aus der Tasche zu ziehen. Sie verkaufen ihre Ware teuer und nennen es Glauben. Was ist Glauben? Glauben an etwas Imaginäres. Etwas das es einfach nicht gibt. Was eini-

151

ge geschäftstüchtige Gruppierungen nicht davon abhielt, ihre Unwissenheit als Glauben gewinnbringend zu vermarkten. Gott oder Götter sind Angst einflößende Erfindungen, da niemand weiß was ist und was kommen wird suchen viele Menschen in ihrer Not, in ihrem Elend, Halt in einer Idee. Sicher verständlich und dennoch schamlos, wenn daraus Kapital geschlagen wird, aber Geschäft ist eben Geschäft.

„... nenn es Herz, Liebe, Glück, nenn es Gott", so Faust zu Gretchen. Er wußte, daß das „Göttliche" die Kraft ist, die in uns liegt. So wie Faust und Mephisto eins sind und das ambivalente Verhältnis im Menschen darstellen und somit das Gute und Böse in seiner Balance zeigen.

Nur weil ein kluger Kopf eine Idee hatte, für seine Idee viele Entbehrungen auf sich nahm und für die persönliche Überzeugung sterben mußte, was womöglich nicht geplant war, wurde er von einer kleinen Gruppe verherrlicht, idealisiert und zum Glauben erhoben. Warum mußte dies ein Dogma werden?

Daß alle Glaubensfragen in den nachfolgenden Zeiten immer in Frage gestellt wurden bestätigt nur, wie diese Ideen zeitabhängig waren. Der ständige Versuch althergebrachte Grundsätze in die heutige, moderne Zeit zu transferieren war zwangsläufig zum Scheitern verurteilt. Das sich ständig erweiternde Wissen der Menschheit verlangte schon immer eine zeitgemäße Anpassung und kein verkrampftes Festhalten an der Vergangenheit. So wurde der kindliche Bilderbuchglaube von einer realen Evolutionswissenschaft abgelöst. Gleich welche Glaubensgemeinschaften, immer ging es nur um Macht und vorhandene Pfründe.

Wie gut tat ihm die Aussage der Bischöfin Käßmann. Sie erklärte, als sie gefragt wurde warum es einen Gott gibt, der Tsunamis und Unfälle in Atomkraftwerken schickt:

„Es gibt keinen Gott der solche Unfälle veranlaßt. Gott ist die Kraft in uns mit solchen Katastrophen umzugehen und sie durchzustehen."

Das Beispiel der Natur zeigt uns was die Aufgabe des Menschen auf Erden ist. Nichts anderes als Art- und Lebenserhaltung, sonst nichts. Die Tatsache denken zu können und zu glauben mehr zu wissen als andere Kreaturen, bedeutet noch lange nicht wirklich etwas begreifen, bestimmen oder bewegen zu können. Wir sind leidenschaftliche, irrationale Geschöpfe, getrieben von Dingen, die wir nicht kennen. Alles was wir können ist glauben. Aber an was? Wie sagte ein alter Chinese:

„Glaube an was du willst und wenn es der Schlüssel deines Hauses ist, aber glaube."

Glauben wir nicht auch an die großen Errungenschaften der Raumfahrt wie die Mondlandung. Obwohl wir gemessen nur an unserer Galaxie noch nicht einmal auf der Türschwelle unseres Hauses „Erde" stehen. Was ist also Glaube? Was ist Kirche?

Was hatte Papst Clemens so schön gesagt:

„Gott hat uns das Papsttum gegeben, also laßt es uns genießen." Das war ehrlich.

Unverständlich ist auch die Abneigung der katholischen Kirche gegen die Protestanten, wie sie genannt werden. War Jesus nicht auch ein Protestant und Reformator? Ging er nicht auch gegen das Machtstreben der Priester und den Geldwucher im Tempel vor? Was hatte Luther anders getan als die Mißstände im Vatikan zu geißeln. In der Renaissance unter Papst Alexander VI. schreckte man weder vor Intrigen, Inzest, Mord oder Betrug zurück? Aber was hat sich geändert? Und dann die Inquisition. Was hatte diese Institution zu tun mit Glaube, Gott und Nächstenliebe? Heute schrecken uns besorgniserregende Vorkommnisse auf, die vor allem die katholische Kirche in Verruf gebracht hatten. Hatte sich etwas geändert? Spätestens da war klar zu erkennen, daß hier kein „Gott" und kein Stellvertreter am Werk war, sondern Menschen, die sich selbst überschätzten oder sicher waren, daß über ihnen, außer ihres selbst gewählten Oberhauptes, niemand stand, der sie zur Rechenschaft ziehen würde. Damit hatte sich, die ach so moralische Kirche, selbst ad absurdum geführt und die eigene Demontage ihrer Institution eingeleitet. Was würde ihr „Herr" dazu sagen, wenn er wieder kommen würde? Würde er sie ein weiteres Mal mit der Peitsche aus dem Tempel, sprich prunkvollen Kirche, jagen? Oder müßten die bunten, selbstherrlichen Kirchenoberhäupter aus Angst anders reagieren, um das nicht immer ehrlich Angesammelte und massenweise Angehäufte zu sichern? Müßten sie nicht den Auferstandenen eben so wegschließen, wie sie viele wichtige und interessante Dokumente bei Seite räumten, die dann in den gut bewachten sicheren Geheimarchiven verschwanden? Was wäre ......?

Wie wohltuend waren da die einfachen Worte von Micha Pogorzelski:

„......geschlossen ist das Auge tott,
Maul zu, was hat geredt von Gott.
So blüht im Garten Rosenstock,
Springt zu, frißt ab der Ziegenbock,
So frißt auch mitt' im Lebenslauf,
Der Tod den selgen „Menschen" auf.
Nun liegt er da auf Gottesacker,
Pfui Tod, du Racker!"

So viel Wahrheit in wenigen Worten. Er lächelte und schloß wieder die Augen.

Er wußte nicht warum er plötzlich erwachte. Warum schlief er zwischen den einzelnen Erinnerungen ein? Unverständlich war ihm, daß vor allem die Ereignisse der Kindheit und Jugend sein Leben prägten und im Gedächtnis blieben. Auch fragte er, warum sich die späteren Eindrücke nicht ebenso eingravierten? Sicher bei der Geburt der Enkel bekam er einen neuen Titel, aber er war nicht dabei und trug keine Verantwortung.

Kleine Dinge machten ihn zufrieden, wie die Tatsache, als Einziger Einblick in Matthias Tagebuch zu erhalten. Oder der Ausspruch von Maximilian: „Opa, du bist mein bester Freund". Solche Dinge konnte man nicht kaufen, machten aber reich und glücklich.

Diese kleinen Früchte in seinem Leben waren die süßesten, wertvollsten und schönsten die er ernten konnte.

Anders bei den Reisen. Wie sehr hatte er in den Geographie-Stunden von der weiten Welt geträumt, wenn er bei schulischen Arbeiten aus dem Fenster blickte und glaubt in der Lage zu sein, alle Träume verwirklichen zu können.

Wie hätte er damals wissen können, daß U.... auf ihn wartete und seine Träume umsetzte? Zugegeben sie hatte immer viel Mühe ihn aus dem Haus zu bringen. Manchmal dauerte es Jahre bis er bereit war mit auf die Reise zu gehen, auch wenn er hinterher froh war, daß U.... so beharrlich war. Sie schleppte ihn von Australien über Neuguinea bis nach Südamerika. Sie standen auf Matchu Pitchu, sahen den Titicacasee, liefen am Strand von Copacabana und erlebten den Tango in Buenos Aires. Waren sie nicht am Nordkap und badeten am Stromboli? Bestiegen sie nicht den Ätna und feierten sie nicht ihre Silberne Hochzeit in Paris? Viermal waren sie in China. Das letzte Mal mit ihren großen Enkeln. Noch erinnerten Bilder von der Großen Mauer an diese Begebenheit. Ob Moskau oder Afrika, ob Spanien oder Hi-

malaya, ob New York oder LA, ob San Franzisco oder Lima – wo waren sie nicht überall?

Und doch prägten ihn diese Ereignisse nicht so wie die Kriegsjahre in seiner Kindheit. War es vielleicht schon die aufkommende Demenz? War nur noch das Langzeitgedächtnis präsent? Wo waren die letzten zehn, fünfzehn oder zwanzig Jahre geblieben? Schnell waren sie vergangen und oberflächlich die Erinnerungen. Oder doch nicht? Gerade die letzten Jahre sah er verblassen. Sie waren verschwommen, nicht so lebendig und greifbar, wie die fünfziger Jahre. Und doch konnte es nicht Demenz sein, denn bis heute durchzogen diese frühen Jahre seine nächtlichen Träume.

Es war wie in der Natur. Im Frühjahr und im Sommer blüht wächst alles. Erst im Herbst sind die Früchte reif. War er im Herbst angelangt? Die Früchte seines Lebens hatte er geerntet und genossen. War er nun bereits im Zeitraum des Winters, wo nur noch die Erinnerungen an Frühling, Sommer und Herbst vorhanden waren? Er wußte es nicht.

Und doch gab es noch zwei Ereignisse, persönliche Ereignisse, die Meilensteine für ihn darstellten und sich doch nicht so stark in seinem Bewußtsein verankerten, obwohl er gerne davon erzählte. Zum letzten runden Geburtstag schenkten ihm seine drei „Weiber", wie er sie immer liebevoll nannte, eine Reise mit dem Binnenschiff.

Lange zuvor hatte er sich eine solche Reise gewünscht. Viele Jahre schaute er sehnsuchtsvoll auf die vorbeifahrenden Lastkähne, wenn er an den Ufern des Mains stand. Jedes Mal stellte sich für ihn die Frage, wie ein Binnenschiffer die Welt erlebt. Seine Schwäche es sich nicht vorstellen zu können, sondern es begreifen, anfassen, machen zu müssen, um in solche Welten einzutauchen, ließen den Wunsch reifen einmal mitzufahren.

Dann war es so weit. U.... brachte ihn nach Duisburg zum Hafen und gemeinsam suchten sie das Schiff, das ihn als

Gast aufnehmen sollte. Für eine Woche sollte er an den Fahrten zwischen Duisburg und Rotterdam teilnehmen. Ein schrecklicher Gedanke für U...., die nichts vom ständigen Hin- und Herfahren hielt. Aber nur so konnte er in den tristen Alltag der Binnenschiffer eintauchen.

Über eine schmale steile Treppe ging es vom Kai hinunter auf das Schiff. Die Gattin des Kapitäns, eine Griechin, zeigte ihm seine Kabine mit separatem Eingang. Nobel eingerichtet mit Doppelbett, Fernseher und eleganter, weißer Dusche und Toilette.

Am späten Mittag legte das Schiff, mit Containern vollgestelltem Laderaum ab. Im Hafen tuckerte man noch ruhig, dann begann nach dem Abmelden beim Hafenmeister die Einfahrt auf den Rhein. Ähnlich wie an Straßeneinmündungen versuchte der Kapitän, ein Belgier, das schwerbeladene Schiff sicher auf die Wasserstraße zu bringen. Starker Verkehr wie auf der Autobahn, nur mit anderen Tonnagen und einer Länge von einhundertzehn Metern. Mit zwanzig Kilometer Geschwindigkeit ging es den Rhein hinunter, bergab, zum Schluß auf der Maß, bis Rotterdam.

Die ganze Zeit saß er auf der großen, breiten und übersichtlichen Brücke in der Nähe des Kapitäns. Viel wurde ihm erklärt und gezeigt. Es waren aufregende Stunden.

Erstmals sah er die Binnenschiffahrt mit ganz anderen Augen. Schnell flog die Landschaft vorbei und alles was auf dem Land sah, war eine andere Welt zu der ein Schiffer keinen Zutritt mehr hatte. Kaum hatte man den Blick abgesenkt, hatte sich die Landschaft bereits verändert. Die Gespräche zwischen den Schiffen über Funk war eine Unterhaltung auf einer anderen Ebene. Das Volk der Binnenschiffer ist ein Volk unter Völkern. Es sind andere, eigenständige Menschen, die auf ihren schwimmenden Inseln mitten im Fluß oder im großen Strom des Landes leben.

Um drei Uhr am Morgen wurde er auf eigenen Wunsch telefonisch geweckt, um nicht die Einfahrt in den Rotterdamer Containerhafen zu verpassen. Gerade nachts in Europas größten Hafen dieser Art einzufahren, hinterläßt einen unbeschreiblichen Eindruck.

Nicht nur die Fahrt, auch das schnelle, geschickte und computergesteuerten Löschen der Ladung war ein besonderes Schauspiel. Es dauerte nur knapp zwei Stunden, dann fuhr das „MS Theodela" wieder bergauf Richtung Duisburg.

Auf dem Schiff gab es allen Luxus. Eine Küche von der manche Hausfrau ihr Leben lang nur träumen kann. Hier lebte die dreiköpfige Familie auf einhundertfünfzig Quadratmetern in weißem Schleiflack. Ein Leben von dem mancher kaum etwas ahnt. Zusammen mit dem Kapitän, seiner Frau und der kleinen Tochter nahm er das Essen in der Wohnküche. Gemeinsam backten sie Kuchen in der supermodernen Küche. Auf Wunsch des Kapitäns zelebrierte er seine bekannte Krümmeltorte, um zu beweisen, daß man Obstkuchen einfrieren kann, was der Kapitän nicht glauben wollte. Der Beweis konnte jedoch nicht erbracht werden, denn der noch warme Kuchen hatte kaum Zeit kalt zu werden. Die Familie und der zweite Kapitän stürzten sich darauf. Nach dem Kaffeetrinken am Nachmittag war nichts mehr zum eigefrieren vorhanden.

Er mußte lächeln. Wieder schloß er die Augen, es waren schöne Stunden eines erfüllten Traums. Eine Woche wie ein Binnenschiffer zu leben und zu denken, das war es, was er unter begreifen verstand. Nun wußte er, wenn er am Mainufer stand und wehmütig den Schiffen nachsah, welche Denke am Ruder der vorbeifahrenden Lastkähne herrschte.

Es gab noch einen prägenden Einschnitt in seinem Leben. Die rote Nase.

Ein paar Jahre hatte er in einer Laienspielgruppe Theater gespielt und unterschiedlichste Rollen verkörpert. Dann kam die Einladung zu einem Lehrgang der Clownerie. Ein Wendepunkt in seinem Leben und in seinem Denken. Schnell fand er seinen eigenen Clown aus den sieben Kellerkindern, die jeder in sich hat. Er begriff den Zusammenhang zwischen dem eigenen „Ich" und dem Clown. Der Clown war nur das Synonym seiner selbst. Von diesem Tage an war ihm klar, warum der Clowns in allen Perioden seiner gesamten künstlerischen Arbeit immer im Mittelpunkt standen. Das erste Bild das er U.... zur Verlobung schenkte war ein trauriger Kinder-Clown. Und Clowns entstanden noch in den letzten Jahren.

Die rote Nase hatte sein Wissen, sein Verständnis für sein „Ich" den Clown „Bin nix" freigemacht. Er war am Ziel. Zu allen Zeiten hatte ihn diese Maske fasziniert, nun saß die rote Nase auf der seinen. Warum konnte er dies nicht früher erkennen?

Endlich stand er als Clown auch auf der Bühne. Selbst U...., die nie auf die Bühne wollte, ihn aber immer unterstützte, stand eines Tages, um auszuhelfen mit ihm auf den Brettern, die die Welt bedeuten. Um auszuhelfen spielte sie mit ihm beim Künstlerfest auch als Clownin im Kinder-Zirkus. Wie immer stand sie neben ihm, wenn es nötig war. Es gab eben nichts, was sie nicht gemacht hätte.

Es war sicher, er war im Winter angekommen. Alles was er sich erträumt hatte konnte er als Früchte im Herbst ernten und hatte sie in den Wintermonaten gekostet. Aber es war mühselig darüber nachzudenken. Es gab kein „Wieso und Warum". Vielleicht konnte er jetzt schlafen. Schlafen für immer.

159